ベリーズ文庫

若旦那様は愛しい政略妻を逃がさない

～本日、跡継ぎを宿すために嫁入りします～

若菜モモ

STARTS
スターツ出版株式会社

目次

若旦那様は愛しい政略妻を逃がさない
～本日、跡継ぎを宿すために嫁入りします～

若旦那様は愛しい政略妻を逃がさない
～本日、跡継ぎを宿すために嫁入りします～

6

父の突拍子もない頼み

「ミオ！　君にお客さんが来ている。日本人の年配の男性だ。店の入り口にいる」

タブレットを手に、店舗のバックヤードで商品の在庫管理をしていた私は、ドアロに顔を覗《のぞ》かせた店主のマイク・アンダーソン氏に声をかけられた。

「日本人のお客さんが？　わかりました！」

英語で返事をして、タブレットをデスクの上に置く。

うちの店で品物を購入したお客さんが遊びに来たのかしら？

アメリカ、南カリフォルニアに位置するロサンゼルスの観光名所であるハリウッド。ハリウッドスターなどの手形がある大通りに面し、日本のガイドブックにも載っているうちの土産物店は、日本人観光客がひっきりなしにやってくる。

部屋の隅にある等身大の鏡の前に立って、胸元が大きく開いたショッキングピンクのTシャツを撫《な》でつけて、ジーンズ素材のショートパンツから覗く脚を確認した。足元は動きやすいようにスニーカーを履《は》いているが、踵《かかと》を踏んでいた。壁に片手を置いて履き直す。

背中の中ほどまであるストレートの黒髪を手櫛《てぐし》で梳《と》いてから、バックヤードのドアを勢いよく開けた。

この土産物店は街では最大規模だ。従業員もそれなりにいて、バックヤードから姿を現した私に、みんなは「Hi!」と手を挙げてくれる。

私もにっこり挨拶をして、店の入り口に弾んだ足取りで歩を進める。

マイクは年配の男性って言ってたよね。

入り口辺りへ視線を走らせると、数人のお客さんが絵葉書や置物を見ていた。そのとき、絵葉書が入っている回転ラックの横から、ワイシャツとスラックス姿の男性がこちらへ顔を向けた。

え……？　パパ……？

正確には離婚した母の元夫。遺伝子的には私とつながりがあるが、父の戸籍に私はいない。私が五歳のときに両親が離婚し、母は里中《さとなか》の旧姓に戻ったからだ。

特殊メイクアップアーティストだった母は離婚を機に、私を連れてロスに移住した。当時は特殊メイクブームで、母は一財産築き、私は何不自由なく育てられた。だけど――。

「澪緒《みお》。久しぶりだな」

父とは離婚後、数えるほどしか会っていない。けれど、私が二十歳になるまでの養育費と、母が病気になった際の医療費を出してもらったことで、恩がある人だ。

仕事が順風満帆《じゅんぷうまんぱん》だった母は、五年前、メイクアップアーティストを育成する学校を作ろうと恋人だった男性に話を持ちかけられた。けれどそれは大嘘《おおうそ》で、母は財産を根こそぎ持っていかれたのだ。

男は失踪、その後母は酒に溺れて体を壊し、一年前に亡くなった。

ここ、ロスで私は天涯《てんがい》孤独の身になった。

父には離婚してすぐに籍を入れた妻と息子がいる。以前は愛人だった女性が現在の妻。母の妊娠がわかった直後に、その女性も妊娠が発覚。私が生まれた一カ月後、彼女は男の子を出産した。その事実に母は耐えきれなくなり、五年後離婚したのだ。

そんな不品行な父だったけれど、時々連絡を入れて、私を気にかけてくれていた。

私は父を店の外に連れ出すと口を開く。

「パパ……、突然どうしたの？」

父と最後に会ったのは母が入院した二年前だ。連絡を入れると、すぐに日本から会いに来てくれた。

「澪緒、元気だったか？　もう二十二歳か」

たしか父は五十代半ばになるはず。二年前に会ったときより白髪が目立つように
なっていた。
「う、ん……相変わらずよ。あ、先月はありがとう」
私は土産物店のアルバイトで生計を立てているが、父は養育費を払い終えた今も
時々生活費としてお金を振り込んでくれる。大学も父のおかげで卒業できた。
「いや、当然だよ」
表情が硬かった父は口元を緩ませた。
「少し話があるんだが、今夜夕食をどうかな？　突然ですまないが。予定は入ってい
たかな？」
「七時で上がるから、その後なら。ホテルはどこに？」
父はビバリーヒルズにあるスター御用達の高級ホテルの名前を言った。ここからな
らバスで三十分ほどのところだ。
「じゃあ、八時……あ、八時半にロビーでいい？　一度、アパートに戻らないと。こ
の格好じゃあ……」
自分の姿を思い出して、言いよどむ。
「そうだな。だが時間がもったいない。近くでワンピースでも買って着替えるといい」

父はポケットから財布を取り出して、三百ドルを私に握らせようとする。

私はとっさにギュッと拳《こぶし》を作ってそれを拒否した。

「そういうつもりじゃ……」

「わかっている。だが、一度家に戻るのも大変じゃないか。いいから、これで服を買いなさい。こづかいだ」

口座に振り込まれるのはありがたいと思っていたが、こうして面と向かって受け取るのは、知らないおじさんからもらうような違和感がある。

「澪緒」

「……ありがとう」

自宅に戻らなくて済むのは助かる。差し出された三百ドルを手にして、ジーンズのポケットに突っ込んだ。

「ロビーに着いたら電話をくれ」

父は部屋番号が書かれたメモ用紙を渡して立ち去っていった。

私は思案しながら店に戻る。

パパはいったいどんな用で私に会いに来たの……？

社用のついでに私の顔を見に？

父は東京《とうきょう》に住み、着物のレンタル会社を経営している。たまに仕事でアメリカに来ることもあった。

ただ近況を知りたいだけなのか。そうでなければ、わざわざ訪ねてくるなんてよほどの話があるのでは？

「ミオ、今の人誰？」

店に入った途端、マイクの息子で、私より四歳上のジョシュアが肩に腕を回してくるが、それはいつものこと。

「パパよ」

「え？　日本からやってきたんだよな？」

「うん。話があるとかで」

いつまでもここで話をしていたら、マイクに叱られる。自分の息子には甘いマイクだけど、従業員には厳しい。

「わざわざ？」

眉をひそめたマイクは怪訝《けげん》そうな表情になる。

「夕食を食べながら話をしてくるわ。さ、仕事しなきゃ」

棚に陳列されている商品のずれを直し、「じゃあね」と、バックヤードへ戻った。

仕事が終わった。店は二十一時までやっているが、私は十九時まで。

数時間前、三十分の休憩時間中に土産物店を抜け出して、高級ホテルでもおかしくない服を近くのブティックで購入していた。


従業員用の更衣室で、エメラルドグリーンの襟付きノースリーブのシャツワンピースに、薄手のベージュのカーディガンを羽織り、同じ色のサンダルに履き替える。

そこでロッカーにあるボディバッグが目に入り、「あっ！」と声を漏らす。

服に相応《ふさわ》しいバッグまでは気が回らなかった。

「まあ、いいか」

ボディバッグからリップを取り出して、小さな鏡を覗き込み塗る。

猫のような目だと言われ、目鼻立ちははっきりしている。身長は百六十センチと、アメリカでは低い部類にはいるが、手足は長く、長い黒髪は艶《つや》やかだ。

私はこの店でアルバイトをして生活費を稼ぎ、ハリウッドで女優を目指している。

母が生前、私が女優になるのを熱望していたこともあって、やれるだけやろうと頑張っているのだ。

小さい頃は母に連れられてスタジオへ頻繁に行っていたせいで、モデルエージェントにスカウトされ、ブランド子供服のモデルをしていたこともあった。

ティーンエイジャーになると、私よりも、ブロンドで胸の大きい女の子の方がちやほやされる現実を受け入れて普通の生活に戻ったが、現在この黒髪を武器にヘアケア商品のモデルの仕事がぽつぽつ入っている。

支度を終え、久しぶりの新しい服に笑みを漏らし裏口から外に出ると、バス停を目指した。

昼間はTシャツ一枚で十分だけど、夜になると肌寒くなる。カーディガンを買って正解だった。ロッカーにあるのはカリフォルニアの空のような真っ青なパーカーだから。

バスはなかなか来なくて、父の宿泊するホテルに着いた頃には二十時を回っていた。母が財産を失う前までは、頻繁に食事に来ていたホテルなので、内部の配置はよくわかっている。

戸惑うことなくロビーへ歩を進めると、花柄の豪華なソファから待ちかねたように父が立ち上がり、私のもとへやってくる。

「よかった。もしかしたら来てくれないかと思ったよ」

ホッと安堵《あんど》したような笑みを浮かべる。

「ごめんなさい。バスがなかなか来なくて」

「お腹が空いただろう。行こう。ステーキ店に予約を入れてあるんだが」

このホテルのステーキレストランは最高級のお肉を使った名店で、二年前に父が来たときにも一緒に食べた。

「そこでいいです」

「前回食べたステーキが忘れられなかったんだ」

父は笑って、レストランへと足を運ぶ。

数時間前はワイシャツとスラックス姿だったが、今はクリーム色のちりめん素材のネクタイで、ジャケットも羽織っている。ドレスコードのあるレストランなので、気を使ったようだ。


少し明かりが落とされたレストラン内の、中央の四人掛けのテーブルに案内されて、スタッフにオーダーを済ませる。

「澪緒、前回よりも綺麗《きれい》になったな。さっきは驚いたよ」

「二年も経てば変わるよ」

父がオーダーした赤ワインをソムリエが運んでくる。テイスティングを断り、グラスに赤紫色のワインが注がれた。

「乾杯しよう」

「チアーズ」

グラスを掲げたのち、少し口に含んだ。

「パパ、仕事の用事でロスに来たの？」

「仕事といえば、そうかもしれない。澪緒、元気でやっているか？　お母さんが亡くなって、今はこっちでひとりだろう、身近に相談できる相手はいるのか？　例えば親しい男友達とかなんだが？」

「親しい男友達？　どういう意味？」

父の言わんとすることが理解できず、首を傾げる。

物心ついたときには英語中心の生活で、自宅では母が日本語を教えてくれたけれど、最近は日本人のお客さまとしかしゃべる機会がないので、言葉のニュアンスがわからないときもある。

「それは……結婚を約束した人がいるのかね？」

「んー、それならいないわ」

母が亡くなって天涯孤独の身、温かい家庭に憧れはあるものの、結婚はおろか、お付き合いしたいと思える男性もいない。母が恋人に騙《だま》されたことから私は男性を信じられないでいた。

「そうか。よかった！」

親しい男友達について聞くときは神妙な面持ちだったが、急に満面の笑みを浮かべる。そんな父に、私はなにかあるのかと訝《いぶか》しむ。

「前置きはいいから、早く話して」

「あ？　ああ……実はな、わが社の命運にかかわることなんだ」

「命運……？」

難しい日本語は苦手だ。

そこへエビがたっぷり入ったサラダが運ばれてきた。

「食べながら聞いてくれ。命運とは……そうだな、この話はわが社が発展するかがかかっているんだ」

父は二代続く着物のレンタルや販売を手掛ける会社を経営している。従業員が百人程度の中小企業だと聞いているけど、養育費も滞ることなく振り込まれていたし、母の高額な医療費もポンと出してくれたので、経営はうまくいっているのだと思っていた。

「仕事の話を私に？」

「そうなんだ。会社の業績が伸び悩んでいてね。その理由はわかっているんだが……」

「わかっているのなら、それを実行して解決すればいいと思うわ」

解決策を指南してこの話は済んだものと考え、私はフォークでエビとレタスを刺してパクッと口に入れる。

美味しい。さすがここは素材が最高ね。

「実行するには、澪緒の協力が必要なんだよ」

「えっ？　私の……協力……？」

フォークを持ったままポカンと口を開け、父を見つめる。

「ああ。わが社には、老舗呉服屋の『御子柴屋《みこしばや》』の格式ある着物が不可欠なんだ」

「パパの説明はよくわからないわ。結論を教えて？」

老舗呉服屋がどんなものなのかも見当がつかないから、あーだこーだ話されても時間の無駄だろう。

「……わかった。澪緒、お前に御子柴絢斗《あやと》氏に気に入ってもらい、結婚してほしい。この男性だ」

父はジャケットの内ポケットから一枚の写真を取り出して、私に見せるようにテーブルの上に滑らせた。

写真に視線を落とした瞬間、私は目を見張った。

写っていたのは、着物姿の若い男性だった。どこか中性的な顔立ちで、すべてのパーツが完璧に整っている。本人に了承を得ないで撮っているのか、カメラの方は見ておらず、にこりとも笑っていない冷たい表情だが、その姿に私の胸が高鳴った。

「背が高くて、クールな人ね」

彼の周りにも人がいるが、霞《かす》んで見えるほどだ。

「クールとはなんだね？」

「あ、かっこいいって意味。彼はグッドルッキングガイね」

濃いブルーの着物を着こなす堂々とした立ち姿や、喉仏から胸元にかけてのラインは色気と男らしさを感じさせる。

「気に入ったかね？」

「こんなに素敵な人なら、結婚相手なんてゴロゴロいるんじゃないのかしら？」

「そうだろうな。彼は現在三十二歳。江戸時代から続く日本橋《にほんばし》にある呉服問屋の若旦那だ」

若旦那がどういうものなのかわからなかったが、そこへ注文していたステーキが運ばれてきて、そちらに注意が向いたので、父に尋ねるのをやめる。

私は脂身のあるサーロイン、父は脂身のないフィレ。

「美味しそうだ。食べながら聞いてくれ」

「いただきます」

ナイフとフォークを手にして、ミディアムレアのサーロインをカットする。

「若旦那の話だが、今のところ浮いた話、いや、恋人はいないようだ。二週間後に御子柴屋のパーティーがあるんだが、そこで出席者は娘や孫を紹介しようという魂胆《こんたん》だ」

「どうして彼に結婚を急がせるの？」

「彼はひとりっ子で、両親は二年前に事故で他界した。祖母だけが血縁者だ。このまま跡継ぎが生まれなければ、創業二百年を誇る御子柴屋が存続しなくなるからだろうな」

跡継ぎができなければ、継いでくれる人を見つければいいのに、と思う。

「血のつながりがそんなに大事なの？」

「彼はどう考えているかわからないが、祖母は代々続いた呉服屋を彼の代で終わらせられないと思っているようだ。そうでなければ進んで嫁探しはしないだろう」

「パパは私と彼を結婚させて、そこの着物を置かせてもらいたいのね？」

そう言ってから冷めないうちにひと口サイズに切ったお肉を口に入れる。

「その通りだ。お前は綺麗だ。若旦那の目に留まるだろう。どうかパーティーに出席してくれないか？」

「……私はここを離れられないわ。まだママの医療費の借金があるの」

「借金が？　いくらだね」

「一万ドルよ」

日本円で百万円を少し超える金額だ。生活費を切り詰め、かなりの金額を借金返済にあてているが、少しも減ってはいかない。

「一万ドルは私が出そう」

「えっ？　パパにはたくさんもらっているわ。その上――」

「日本へ一度来てくれ。パーティーに出てもらえればそれでいい」

「私を気に入ってもらえなかったらどうするの？」

「そのときは仕方がない。御子柴屋との業務提携は諦める」

父は肩をすくめてみせると、フィレ肉にナイフを入れた。食事をする父に、二年前より急激に年をとった印象を受ける。

母が倒れて多額の医療費が必要になったとき、父はすぐに用意してくれた。父が不誠実だったばかりに母と離婚したが、今まで援助してくれたことには感謝している。

「パパ、ひと晩考えさせて」

赤ワインの入ったグラスを手に持った父は動きを止めて、顔をほころばせる。

「そうか。考えてくれるか。ありがとう」

「滞在はいつまで？」

父は、明後日の朝チェックアウトして帰国するそうだ。「明日の返事を待っている」と言って、食事を終えた私をホテルの外まで送ってくれた。


三十分後、父がタクシーに乗せてくれたおかげで早くに帰宅することができた。

明かりのついていない部屋に戻るのは今でも慣れなくて寂しい。

すぐにシャワーを浴びて、洗った髪を丁寧に乾かし、ぐったりとベッドに腰を下ろす。長い髪は洗うのも乾かすのも時間がかかる。

しかし明日は髪がメインの撮影がある。面倒でも艶を出す努力は必要だ。

「これって、ママが言っていたお見合いみたいな感じよね？」

ふたりで日本のドラマを鑑賞していたとき、母が『見知らぬ男女が周りの勧めで会うのをお見合いって言うのよ』と話してくれた。

あれはいつのことだったのだろう。私が十四歳くらいだったかな。

今で言うマッチングアプリのような感覚なのだろうか。

父から押しつけられるようにして渡された彼の写真を取り出す。薄暗いロウソクの灯りで見た写真だったから、クールだと思ったのかもと目を凝らして見つめる。

「やっぱりハンサムね。日本語でイケメン？」

ただそれだけでは収まりきらない魅力の持ち主のように思える。これだけの人なら自分で恋人を見つけられそうなのに……。

母が財産を失ってから豪邸だった家を売り払い、ダウンタウンのこの2ＬＤＫのアパートに移り住んでいた。

チェストの上には私と母が顔を寄せて笑っている写真があり、自然とそちらに視線が行く。

ひとりになってから、嬉しいときも悲しいときも、悩んでいるときも母だったらどうするのか考える。

今の私は根無し草のような生活を送っている。本当に女優になりたいのかと聞かれれば違うと言うだろう。母の夢だったからそれを叶《かな》えなければという義務感からだ。

親友はひとりだけいるが、男性に至っては完全に心を許せるほどの相手はいない。

母が恋人に裏切られ、心身ともにボロボロになるのを見ていたせいだろう。向こうから必要以上に近づかれると一線を引いてしまうのだ。

その気持ちがなくならない限り、ここで男性を信用するに至ることはないだろう。けれど、ひとり暮らしは寂しい思いもある。

私の記憶にかすかに残る、両親が揃って家族三人で食卓を囲む、そんな家庭の光景に飢えていた。


しかし、父の提案は突拍子もないもので、眠りにつくまで散々迷ったのに、目が覚めたときも決められないでいた。

今日はシャンプーの雑誌コマーシャルの撮影だ。十時からだから夕方には終わるだろう。

キッチンへ行き、朝食の支度を始める。

スライスしたパンにチーズをのせてオーブンに入れ、冷蔵庫からアイスコーヒーと牛乳を出して、マグカップに半分ずつ入れてアイスカフェオレを作る。朝食はいつもこんな感じだ。

パンが焼けた美味しそうな匂いがキッチンに漂い始める。

オーブンから取り出したパンをお皿にのせて、キッチンのテーブルに着く。

「いただきます」

大きな口を開けてパクッとチーズトーストを食べようとしたとき、ジーンズのお尻のポケットに収められたスマホが着信を知らせた。

パンを口に入れるのをやめて、スマホを取り出してみると、モデルエージェントからだった。

「はーい。ミオです」

《レベッカよ。ミオ、悪いけど今日の撮影はモデルが変更になったの》

エージェントのスタッフのレベッカは、抑揚《よくよう》のない声で私に告げる。

「モデルが変更？」

《ええ。スポンサーが急遽《きゅうきょ》ブロンドに代えろって。そういうことだから。忙しいから切るわね。また連絡するわ》

レベッカはそれだけ言って電話を切った。

スマホをテーブルの上に置いた私の口からため息ともつかない声が漏れる。

突然の変更はたびたびあるから、これで落ち込んでいたら先に進めない。でも……

〝先〟って？

ふとやりきれない気持ちで自問する。

大学に通いながら養成所で演劇を学び、エキストラの経験はあるが、セリフがついたことはない。まだ二十二歳。大学を卒業したばかりで、アルバイトをしながら、いつか女優になれたらと思っていたが……。このまま女優を目指していいのだろうか。いつかは地に足のついた生活をしなければと、焦燥感《しょうそうかん》にも駆られている。

　恋人に裏切られた母の姿を見て男性不信になった私は、結婚もできるかわからない。信じられる男性にいつか出会えるのだろうか。

　五歳でロスに来てから一度も足を踏み入れたことのない日本へ行ってみようか……。父には母への多額な援助に感謝しており、なにかお礼ができたらいいと思っていた。借金返済のために利用するようで申し訳ないが。

　頑張ることに疲れてしまった。気分転換で日本へ行き、またここへ戻ってくればいい。

　こんな私が、二百年も続く呉服屋の若旦那に気に入られるわけがないのだから――。

何不自由ない独身生活　絢斗Side

「では、若旦那。おいとまさせていただきます。できあがりをお待ちしておりますね。わたくしどものお店の方にもぜひお越しくださいませ。重ねてお待ち申し上げます」

椅子から立ち上がった女性は、大きな黒の櫛かんざしを挿した頭を下げて微笑む。

「本当に御子柴屋の若旦那はいつお目にかかってもお美しいですわね。お着物姿が凛《りん》として立ち姿が見目麗《みめうるわ》しいですわ」

朝から晩まで、用事がない限り俺は着物を着用している。日常、洋服のように取り入れているため着慣れている。

「男に美しいとは言いませんよ。では、仕上がり次第ご連絡します」

俺は一笑に付し、連れだって商談部屋を出て、玄関口へ並んで歩を進める。

彼女は銀座《ぎんざ》で一番古いクラブの二代目ママ寿葉《ことは》さん。昭和の初めに開業した一代目から『寿《ことぶき》』を引き継いだ後も盛況で、彼女の羽振りはいい。一代目から変わらずに御子柴屋の上顧客だ。

白の正絹に肩から袂《たもと》、裾に黒地、葡萄唐草《ぶどうからくさ》模様の訪問着を粋《いき》に着こなしているのはさすがだ。葡萄唐草模様の葡萄には希少性高い染色の帝王紫《ていおうむらさき》を施しており、俺はしばしそれに魅入る。

寿葉さんの着物のほとんどが御子柴屋のものだが、仕立て上がってすぐ俺の手を離れてしまうため、その模様は久しぶりに楽しませてくれた。

「ええ。それでは若旦那、失礼いたします」

襟を少し緩やかにし白いうなじを見せ、色香を漂わせたたおやかな寿葉さんはゆっくりとした足取りで人の波に消えていった。

九月も秋分が過ぎ、空はすっきり晴れ渡っているが、風はめっきり涼しくなってきた。

江戸時代から二百年続く老舗呉服屋の御子柴屋は、名門中の名門だと自負している。三年前、時代の流れと共に老朽化した平屋の店舗を取り壊し、七階建てのビルを建設した。一、二階が御子柴屋、三階から七階までは貸店舗になっている。

自宅は店から徒歩五分のところにあり、明治時代に建てられたレンガ造りのモダン建築の二階屋に、俺のたったひとりの肉親である七十八歳の祖母、御子柴キヨとふたりで暮らしている。広い家のため、俺が五歳のときから家の管理をしてくれている夫婦が敷地内の別棟に住んでいる。人を招くことも多いため、通いの家政婦ふたりに屋敷を綺麗に掃除してもらっていた。

先々代より修繕を重ねてきたおかげで、古い屋敷だが素晴らしい状態を保っている。

一方、御子柴屋の店舗は現代のニーズに伴い、シンプルでいて老舗の趣《おもむき》を持ち合わせた佇まいだ。店内には見やすさと美しさを重視した棚を設置し、職人が一枚一枚手掛けた加賀友禅《かがゆうぜん》や京友禅《きょうゆうぜん》の反物《たんもの》を掛けている。

中央にあるのは、一枚板の低い八人掛けテーブル。御子柴屋で代々引き継がれている屋久杉《やくすぎ》のテーブルだ。現在では屋久杉の伐採は禁止されているため、これほどのものは手に入らないと言われている。

テーブルの奥には一段高い十二畳のフロアがある。そこは壁一面が鏡張りで、普段はオープンにしているが、試着などの際には引き戸を閉めれば個室にもなる。

その両端には階段があり、二階にある展示場や事務所へ行ける。

俺は、先ほど寿葉さんがいた八畳の商談ルームに戻り、黒檀《こくたん》の大きなテーブルに広げた反物を、手でくるくると巻き取っていく。

そこへ枯茶色《からちゃ》の着物に身を包んだ小坂直治《こさかなおじ》常務が通りかかり、足を止める。

「社長、申し訳ありません。それは他の者に片づけさせます」

六十代前半の彼は、株式会社御子柴屋の常務取締役で、祖母に次いで古参だ。

御子柴屋は日本橋が本店、全国の主要都市に十店舗展開しており、各店舗に従業員が二十名、傘下の京都《きょうと》の染め物工場には三十名ほどの職人を抱えている。

「島谷《しまたに》さん、ここの反物を片づけて」

近くにいた女性従業員に直治常務が声をかけたとき、来客を知らせる音が聞こえた。

「いや、ここはいいから君が出て」

「はい。すぐに」

俺は即座に指示を出し、薄桜色の着物を着た女性従業員は客を迎えに向かった。

販売員は着物、事務員はグレーのスリーピースの制服を着ている。

「この後の来客予定はないはずだが？」

俺は壁に掛けられた時計へ視線をやる。十六時を回っていた。

「おそらく大奥さまのお客さまでしょう。二週間後のパーティーの打ち合わせかと」

十月中旬の土曜日、都内のホテルで日頃御子柴屋を贔屓《ひいき》にしてもらっている上顧客を招いてのパーティーを祖母は計画していた。

名目上は日頃のご愛顧《あいこ》に感謝を込めての招待なのだが、実のところ、祖母は俺の結婚相手をその機会に見つけようとしていた。

祖母は名門である御子柴屋を後世に残すのが使命だとばかりに、俺の結婚を急いでいる。

御子柴屋をこれからも盛り立てていくには、跡取りが必要なのは十分承知しているが、俺の好みの女は周りにいない。

招待状を出した招待客からはぜひ出席させてほしいと返事も届いており、百人を超える規模になる予定だ。

はたして、その中に俺が気に入る女がいるのか。

俺は他人事《ひとごと》のように傍観《ぼうかん》していた。

反物をすべて巻き終えたとき、テーブルの上のスマホが着信を知らせた。

電話をかけてきたのは、幼稚舎の頃から四半世紀以上の付き合いがある一条壮二《いちじょうそうじ》。

職業は整形外科医。今年妹が結婚するまで無類のシスコンだった奴だ。

通話アイコンをタップして耳に当てた瞬間、《よっ、若旦那》と壮二の声がする。

「壮二、暇そうだな」

《いやいや、それなりに忙しいさ。朝陽《あさひ》が今夜は時間が空くとかで、久しぶりに三人で飲みに行きたいと思ってね》

朝陽とは、桜宮《さくらみや》朝陽のこと。彼も幼稚舎からの友人だが、家業である航空会社のパイロットになるために中学からアメリカに留学し、見事最年少機長になった。

朝陽と時々飲みに行くようになったのは、彼が日本へ帰国した二、三年前からだ。
彼は去年、初恋の女性だった砂羽《さわ》さんと結婚していた。
「朝陽と会うのは半年ぶりだな」
《だろう？　何時なら出られる？》
壮二が電話の向こうで笑っているのが目に浮かぶ。
「そうだな……八時には。あ、それと場所は銀座界隈《かいわい》以外にしてくれ」
《えー、銀座を闊歩《かっぽ》しながら、若旦那～うちの店にいらして～って黄色い声をかけられるのを期待したのに》
それが目的か。しかし、愛する妻がいる朝陽は違うだろう。奴も静かに飲みたいはずだ。
《おーっけぇ。新宿《しんじゅく》の会員制クラブなら？》
そこならばホステス指名をしなければ男三人で飲めるだろう。
「では、八時半に着くようにする」
《わかった。予約しておく》
「よろしく」
俺は通話を終わらせ、巻き終えた反物を運ぶ直治常務を手伝った。

しばらくしてバックヤードにある社長室に祖母が現れた。

「絢斗さん、パーティーのお着物が届きましたよ」

祖母のあとに、淡黄色の小紋を身につけた若い女性が、たとう紙に包まれた着物を両手に持ち入室する。たとう紙は着物や羽織などを保管するものだが、最近では不織布のものも多く出回っている。

彼女は祖母の姪《めい》の娘で、藤原翠子《ふじわらみどりこ》。大学卒業後に一般企業に就職したが職場が合わなかったようで半年で辞め、祖母の秘書になった。うちで働いて六年目の翠子は、茶道、華道の師範免許を持っており、祖母のお気に入りだ。

中央のテーブルの上にたとう紙をふたつ置くと、翠子は二カ所で結んである布紐《ぬのひも》をほどき開いた。

俺は執務デスクを離れ、祖母の隣に立つ。

着物は青みがかった灰色である銀鼠《ぎんねず》色。羽織は濃い紫の菫《すみれ》色。その中間の色味を角帯に使用している。ひと目で最高級のものだとわかる。

「素敵ですね。さすがおばあさまのお見立てだ」

「上品なお色味でしょう？　この美しいお着物は絢斗さんしか着こなせないわね。ねえ？　翠子さん」

「ええ。本当に素晴らしいお着物です」

上品に祖母に微笑む翠子は、俺より四歳年下の二十八歳。童顔で、洋服姿はまだ大学生に見られる。

祖母は翠子を俺の妻にしたいと考えていたが、俺たちにその気はない。翠子は品行方正で非の打ちどころがなく、学生でいえば学級委員長のような生真面目な性格だ。

だが、俺からしてみればおもしろみがない。将来、白髪になるまで人生を共にしようとは思わない女性だ。翠子も俺のような冷たい男は遠慮願いたいに違いない。

祖母は着物を手に取り、俺の肩に当てて皺《しわ》のある顔をほころばせた。

「当日が楽しみだわ。パーティーのお料理も、皆さまに楽しんでいただけるように趣向を凝らしたんですよ。お庭も素敵なホテルですから、晴れになるといいのだけど」

今の祖母の関心事は俺の結婚相手を見つけることだ。パーティーなどで妻になる人を見つけられるわけがないが、祖母はもう高齢で後継者計画に焦っている。だから面倒だとは思いつつも、祖母のためにパーティーを開くことには異議を唱えなかったのだ。

二十時過ぎ、俺は呼び出したハイヤーに乗り、待ち合わせの場所へ向かった。

会員制クラブのドレスコードは、男性はスーツ、女性はドレス着用と決められている。

俺は、着物からフルオーダーのスーツに着替え、亡くなった父から譲り受けた、世界三大時計に入るブランド物の腕時計をつけた。

「御子柴さま、いらっしゃいませ」

新宿の高層ビルの最上階にある会員制クラブ。

エレベーターを降りると、黒いスーツを着た初老の男性が俺を出迎える。

彼はこの会員制クラブの総責任者、杉山《すぎやま》支配人だ。

二十歳になって親父に連れてこられたのが最初だった。それからひと月に一、二度ほど息抜きに飲みに来ている。その当時から彼はここの支配人だ。

「俺が一番のりかな？」

時刻は約束の一分前。

「いいえ。桜宮さまが十分ほど前にいらしております。ご案内いたします」

さすが機長。時間に余裕を持った行動だな。

「いつもの席でしょう？　案内はいいですよ」

「はい。では、一条さまがお見えになりましたらご挨拶に伺わせていただきます」

杉山支配人に断り、恭《うやうや》しく開けられた重厚なドアの向こうへゆったりと歩を進めた。

落ち着いたインテリアの店内に入ると、宝石をちりばめたような都心の夜景が目に入る。一面の窓のおかげで、昼の景色も圧巻だが、今日のように天気がいい夜はさらに鮮やかに目を楽しませてくれる。

このフロアは客のプライバシーが重視され席が離れており、ラグジュアリーなこげ茶色をしたビロードのソファが置かれている。

窓側のいつものソファ席に朝陽は座り、窓へ顔を向けていた。

フライト帰りのようだ。制服を着た朝陽は久しぶりだった。ジャケットを脱いだワイシャツ姿だ。

日本でもトップを争う航空会社『ALL《オール》 AIR《エア》 NIPPON《ニッポン》』通称AAN《エーエーエヌ》の最年少機長。眉目秀麗《びもくしゅうれい》の朝陽はパイロットの制服を着ていると目立ちすぎる。だが、ワイシャツでも同じことだ。肩章には金の四本ライン、胸章、その姿でも十分注意を引いている。

近づく俺に気づいた朝陽は振り返り、手を挙げる。窓に俺の姿が映っていた。

「仕事だったのか？　おつかれ」

朝陽へねぎらいの言葉をかけると、彼はふっと笑う。

「絢斗も仕事だったんだろう？　おつかれ。着替えていたら間に合わないと思って急いで来たんだが、そうでもなかったな」

俺は朝陽の対面のソファへ腰を下ろす。

「銀座界隈を嫌がったと、壮二が嘆いていたよ。若旦那のツテで綺麗なホステスと遊びたかったようだ」

「そう思っていたのは壮二だけだろう？」

新婚の朝陽がその気になるとは思えない。

「ああ。他の女なんて目に入らない」

「言ってくれるな」

結婚するまでは女のことに関してのろけたこともないのに、結婚して変わった朝陽にクッと笑う。

「愛する女性がいれば、他の女と遊びたいなんて絶対に思わないさ」

「いいよな。それだけ気持ちを奪われる女がいるって」

断言する朝陽を羨ましく思ったとき、男性が近づいてきた。

「朝陽は初恋を実らせたからな」

突然、俺たちの会話に加わったのは、もちろん壮二だ。俺と同じくフルオーダーのスーツを身にまとい、歩きながらジャケットを脱いでいる。

そこへすかさずクラブスタッフが近づき、ジャケットを渡した壮二は朝陽の隣に座った。

「おっ、機長かっこいいな」

ニヤニヤ顔をさらに緩ませ、朝陽を茶化す壮二だ。

「お前を楽しませるために着替えなかったわけじゃないからな」

組んだ脚に肘を置き、顎をのせた状態で、ふたりの仲のよさを眺めていると、杉山支配人がテーブルの横に立った。

いつものように挨拶をした杉山支配人は、「本日は新潟《にいがた》の蔵元より手に入った大吟《だいぎん》醸《じょう》がございます。冷酒がおすすめでございます」と、俺たちが気に入りそうな酒を勧めてくる。

「日本酒か。いいな」

シャンパン派の壮二が乗り気だ。朝陽も頷《うなず》いている。

「では、それを。腹も減っている。寿司を頼みます」

「かしこまりました」

杉山支配人はパキッとした姿勢で頭を下げて去っていく。

すぐに男性スタッフが大きめのおちょこと徳利《とっくり》を運んできた。ガラス製で深い海のような色合いだ。

俺たちは軽く乾杯し飲み始める。辛口だがほんのりと甘味も感じられ、芳醇《ほうじゅん》な香りが広がり、なめらかに喉元を通っていく。さすが杉山支配人が勧める酒だけある。

朝陽と壮二も久しぶりにうまい日本酒を飲んだと二杯目を注いでいる。

「そうだ、絢斗。嫁さん探しが本格的に始まったな」

壮二がニヤッと口角を上げる。

「絢斗が嫁さん探し？」

朝陽は飲みかけていたのをやめて俺を驚いたように見る。俺から思わず出たため息に、壮二が代わりに話し始める。

「お得意さまを呼んだパーティーを開くんだよ。招待客は娘や孫をここぞとばかりに連れていくんじゃないかな？　名付けて、御子柴屋の若旦那に見初められるのを夢見ようの会だ」

壮二の説明は間違ってもいない。俺はなにも言わず、酒をあおるように喉に流し込む。

「そんなことをしなくてもモテるんだから、いざとなれば結婚するだろう？」

朝陽が驚き、壮二が大きく首を左右に振る。

「あのおばあさまがそれで納得すると思うか？　名門の御子柴屋の跡取りには最高の女性でなければな」

「最高の女性ならなおさらそんな会で見つかるとは思わないが」

俺を肴《さかな》にふたりが談義している間に寿司が運ばれてきた。銀座にある一見さんお断りの寿司店と遜色《そんしょく》ない寿司をここでは食べられる。

「母さんとしおりんが出席するって言ってたよ。しおりんは若旦那に近づく令嬢たちを見物して楽しむらしい」

「結婚した妹をまだ、しおりんなんて呼んでいるのか？」

「そうだ。俺の義姉《ねえ》さんになったんだ。しかも一児の母だぞ？」

大トロを口に入れようとした朝陽も手を止め同調する。

壮二の妹は、朝陽の兄でAANの専務取締役である桜宮優成《ゆうせい》氏と結婚した。桜宮家と一条家は親戚関係になり、一層賑《にぎ》やかになったように見える。うちのような跡取り問題が勃発している小家族には羨ましい限りだ。

俺たちはその後、バーボンを何杯か飲んでそれぞれタクシーで帰宅した。

寿葉さんから食事の誘いを受けたのは次の週の土曜日。御子柴屋を贔屓にしてもらっている関係で、無下にもできない。

俺は店を直治常務に任せ、夜、待ち合わせのホテルへ赴いた。

「ママを捜しているの？」

ロビーを通る俺の耳に少しイントネーションが変わっている声が聞こえてきて、そっちへ顔を向けた。

泣いている幼稚園生と思《おぼ》しき女の子の前にしゃがみ込む女性がいた。

彼女は女の子の顔を覗き込み、長い髪が大理石の床についているのにもかまわず、しゃくり上げる小さな子に話しかけている。

なんとはなしに眺めていた次の瞬間、彼女は顔にかかっていた髪を耳にかけた。綺麗な横顔だった。青いトレーナーにジーンズという男児のような格好だが、背中の中ほどまである艶やかな黒髪に女らしさがうかがえる。

「泣かないで。お姉ちゃんが捜してあげるからね」

彼女はすっくと立ち上がり、涙で濡れた女の子の手をしっかり握った。

そこへ慌てた様子の煌《きら》びやかなドレスの女性がやってきた。

「美香《みか》ちゃん！　あなた、うちの子をどうしようと⁉」

「えっ？」

母親は嫌悪感たっぷりな顔をして子供の手を引っ張り、呆気《あっけ》に取られている彼女から引き離した。

「うちの子を連れていこうとしたんでしょ！」

迷子になっていた女の子の手伝いをしようとしていた彼女が可哀想になった。

「よくも話を聞かないで決めつけますね？」

俺は彼女たちのもとへ近寄り、母親に言い放つ。

「娘さんが迷子になって泣いていたので、彼女が一緒に捜してあげると言うのを聞いていました。あなたは彼女にお礼を言うべきではないでしょうか？　他にも目撃者はいますよ」

俺の援護に母親は当惑したのち、顔を赤らめて口を開く。

「ご、誤解だったようね。ありがとう。美香ちゃん、どうして離れたの？　行くわよ」

母親は子供の手を引きながら、さっさとその場を立ち去った。

「ママが見つかってよかった」

あんな言い方をされたのに、彼女の口から出た言葉に俺は目を見張った。

普通なら憤慨しているところだろうに、彼女は綺麗な顔で微笑んでいた。

「君は、心が広い人なんだな」

俺の声に彼女はハッとなり、目と目が合う。次の瞬間、彼女は目を泳がせ、「ありがとうございました」と言って立ち去っていった。

「なんなんだ……？」

彼女の態度が解せなかったが、女の子への微笑ましい姿を思い出し、「ふっ」と笑い、ラウンジへ向かった。

先に到着していた寿葉さんは、黒地に大輪のユリがあしらわれた着物姿でゆったりとくつろいでいる。アイスティーを飲んでいるだけなのに色香を漂わせた彼女に、周りの男性たちがチラチラと視線を送っている。

俺は琴葉さんのもとへ歩を進めた。

「寿葉さん、お待たせしました」

二カ月前、寿葉さんの五十五歳の誕生日パーティーがあったと記憶しているが、その美貌は四十代前半に見える。

「若旦那、来てくださって嬉しいですわ。今日はスーツですのね。素敵ですわ」

俺は寿葉さんの前に腰を下ろした。

「寿葉さんもいつもながら美しいです」

「まあ、リップサービスがお上手ですこと。今日はスーツのせいか、お店にいるときと雰囲気が違いますわね。うちの若い子たちが、若旦那に会いたいと首を長くして待っておりますのよ。このあとはぜひ」

「寿葉さん、同伴は遠慮しておきますよ」

上顧客の寿葉さんに夕食をごちそうし店へ送ったあと、帰宅するつもりだ。

「あら残念」

口ではそう言うが、特に残念がっているようには見えない。俺の考えを読んでいたのだろう。

「食事に行きましょうか」

俺は椅子から立ち、寿葉さんと連れ立ってラウンジを出る。

すると、ホテルのロビーの一角で艶やかな長い髪の女性に目を留めた。

さっきの彼女だ。

「今時めずらしく、絹のような御髪《おぐし》の女性ですわね。顔立ちも美しくて。一緒にいるのは……西澤《にしざわ》さまだわ」

チャコールグレーのスーツ姿の恰幅《かっぷく》のいい男性で、頭髪には白髪も見える。

「西澤？　着物のレンタル会社を経営している？」

「ええ。ご存じでしたか。着物レンタルの事業を展開している株式会社NISHIZAWA《にしざわ》の社長ですわね」

「何度か会ったことがある」

女性の父親ほどの年齢にも見える男はポケットから財布を取り出し、現金を渡そうとしている。

「時々見えられますの。あらあら、今、パパって。たしかお子さんは息子さんがひとりと……」

あの女性のパトロンなのか？　人が行き交うこんな場所で平然と金を渡すとは。

俺は嫌悪感を覚え、顔を歪《ゆが》めた。

モラルに欠けた行動を目にして気分が悪い。

男性と美しい髪の持ち主はエレベーターホールへ消えていった。

「西澤さまもやりますこと。あんなに綺麗なお嬢さんが愛人だなんてねぇ」

俺は寿葉さんの言葉を上の空で聞きながら、ふたりが消えた方向へ視線を向けていた。

なぜだか苛立ちがこみ上げてきた。

あの女性が父親ほどの年の男と一緒にいたからなのか？

一瞬でも心を奪われた女性が愛人だとは……。

一週間後。祖母が念入りに準備をしたパーティーの当日だ。十一時から始まり、約三時間でお開きになる。

このパーティーを楽しむ気持ちにはなれないが、祖母のためには致し方ない。

俺は女性に興味がないわけではない。しかし、以前独占欲が強すぎる女性と交際していたせいで、女とはそんなものかと冷めた気持ちで相手を見てしまう。だから朝陽の妻への溺愛ぶりには驚かされている。

いつかは結婚したいと思うが、愛せる女性が今のところ現れないのだ。

「絢斗さん、お支度は終わったかしら?」

襖の向こうの廊下から祖母の弾むような声が聞こえた。

「済みました」

身支度を整えていた俺は、鏡の中の姿を確認しながら祖母へ声をかける。

壁半分に鏡が埋め込まれ、和ダンスが並べられた二十畳ほどのこの部屋には、代々受け継がれている着物が多数保管されている。

「入りますよ」

直後、襖が開けられた。

「まあ！　なんて素敵なんでしょう。高貴なお色味が絢斗さんによく似合っていますこと。まるでおじいさまを見ているようですよ」

十年前に病気で亡くなった祖父の若い頃に似ているらしい。祖父は美丈夫で芸子たちにモテていたらしく、祖母は若かりし頃を思い出すと話が止まらなくなる。しばらく付き合うことになるが、聞き飽きている話だ。写真ではたしかに背格好は似ているが、そう思うのは祖母だけのようだ。

今日の祖母は、灰味のある淡い青色の舛花《ますはな》色の色留袖を着こなしている。この日のために新しくあつらえたものだろう。

「おばあさまも素敵ですよ」

「主役は絢斗さんですよ。私は絢斗さんの引き立て役に徹しますから。たくさんのお嬢さま方とお話ししてくださいね」

祖母は期待を込めて瞳を輝かせている。そんな様子を見れば、曖昧《あいまい》に笑みを浮かべ頷くしかない。

「おばあさまが気に入らない女性だとしても、俺が惹かれた場合、口を出さないでいただきたいのですが」

「まあ、招待客のお嬢さま方を私が気に入らないはずはないわ。絢斗さんにお任せしますよ」

「ありがとうございます。では参りましょう」

俺は祖母を促し、玄関へ向かう。

「大奥さま、若旦那さま、行ってらっしゃいませ」

玄関で待っていたのは、住み込みの江古田《えこた》夫妻だ。六十代前半の夫婦で、白い割烹着姿の芳子《よしこ》さんは料理や通いの家政婦への指示を担当している。夫の利幸《としゆき》さんは屋敷の細々とした雑務をこなす執事のような存在だ。

ふたりは揃って頭を下げる。俺と祖母は綺麗に並べられた草履《ぞうり》へ足を入れた。

玄関を出て敷石の上を歩き十メートルほど先にある門へ向かう。

この一帯の地主である御子柴家の敷地は三百坪程度。庭は庭師が丹精込めて手入れをしており、常に美しく整えられている。

門先にはいつものハイヤーが待っており、そこに撫子《なでしこ》色の色留袖を着た翠子が立っていた。

姿を見せた俺たちに、翠子は美しい所作で頭を下げ挨拶する。

「翠子さん、お待たせしたわね。行きましょう」

外に出ていた運転手が後部座席のドアを開け、祖母が乗り込む。俺は反対側に回り、祖母の隣に座り、翠子は助手席に。

「今日がお天気で本当によかったこと。庭園が素晴らしいホテルですからね」

ハイヤーはホテルに向かって走り出し、車窓からは秋晴れといった言葉が相応しい青空が広がっていた。


パーティー会場となるホテルのボールルームは窓が開け放たれ、庭園と行き来できるようになっている。

時刻は、あと十五分ほどで十一時になろうとしていた。続々と招待客が現れ、挨拶に追われる。

「翠子、少し席を外す」

「わかりました。あの、若旦那さま、お時間にはお戻りください」

翠子は俺がこのパーティーに気乗りしていないのがわかっているのだろう。開始時刻に主催者が不在にならないよう釘をさす。

「もちろん、わかっている」

俺は少し離れた場所で招待客と談話中の祖母へ視線を向けてから、ボールルームを出た。

特に目的はない。多数の貪欲《どんよく》な視線に嫌気がさして、あの場所から離れたかったのだ。

ふらりと廊下を進み、ロビーへ出た。

そのとき、英語が俺の耳に飛び込んできた。

「素晴らしい！　日本人形のようだ！　その美しい着物はなんと言うのですか⁉」

声がした方へ顔を向けると、観光客らしきカメラを持った年配の外国人夫婦がいた。

声をかけられていたのは若い女性だった。檜扇《ひおうぎ》や菊などの草花模様があしらわれた白地の着物に、総絞《そうしぼ》りと金彩加工を施した振袖を身にまとっている。

艶やかな黒髪は三つ編みにして片側に垂らし、花を散らしている。顔はひと目で誰もが美人だというくらい整っており、猫のようなくっきりした目が印象的だ。

その顔立ちからは冷たい印象を受けたが、彼女は夫婦ににっこり笑顔を向けた。途端に優しいイメージに変わる。

彼女は……！

このホテルのロビーで西澤という男と一緒にいた女性じゃないか。

「これは振袖と言います」

彼女は流暢《りゅうちょう》な英語で、着物について説明している。

日本人？　だとしても、生まれ持っての発音だ。そういえば、迷子の女の子に話しかけていたとき、日本語の発音が少し違っていた。彼女はうちの招待客なのか？

「美しい！　写真を一緒に撮ってくれませんか？」

「もちろん。どうぞ！」

振袖を着た女性は通り過ぎるホテルスタッフを呼び止め、写真を撮ってくれるようお願いする。その日本語には英語のようなイントネーションが混じる。撮ってもらった写真を確認した外国人男性は顔をほころばせ、夫婦は機嫌よく去っていった。

俺は彼らに手を振っている女性に近づき、英語で話しかける。

「俺とも写真を撮ってくれませんか？」

「私でよかったら……えっ⁉」

英語で快諾した彼女は、横に立つ俺へ顔を向けた。次の瞬間、彼女の猫のような綺麗な目が大きく見開かれた。

ロサンゼルスから日本へ

私は父の頼みを了承することにした。

世の中、うまくいかないことばかり。母が病気になる前から今日まで、ひとりで突っ走ってきたから疲弊しているのだろう。そうでなければ、見ず知らずの男性に見初められるために帰国するなどあり得ないことだ。

パーティーには御子柴屋の財産や、端整なマスクの持ち主である若旦那目当ての女性がわんさか出席するらしい。だから、私が彼の目に留まることは、砂浜に落としたサングラスを捜すくらい難しい。

アルバイト先には日本へ一時帰国すると説明し、戻ってきたらまた働けることに。モデル事務所へも近々の仕事は……と言ってもあまりないだろうけど、受けられないと連絡した。アパートの冷蔵庫の中も綺麗にして、パーティーの一週間前に日本へ飛んだ。

きっとまたすぐ戻ってくる。

旅客機の中で、しだいに日本へ行くのが楽しみになってきた。

物心ついてから初めての日本だ。母に日本語を教えられてきたので、イントネーションもおかしくないはず。漢字も難しいものじゃなければ大体は読める。パーティーの件を除けば、日本滞在は楽しいものになるはずだ。そんな風に気軽に考えなければ、万が一、父の望みが叶った場合の不安を払拭できなかった。

夕刻、成田《なりた》国際空港に到着し、入国審査、税関を過ぎてロビーへ出ると、父が待ってくれていた。

「疲れただろう。飛行機は揺れなかったか?」

「迎えに来てくれてありがとう。快適だったわ」

「それはよかった。では、都内のホテルへ向かおう」

私が引いていたキャリーケースを父は引き取り、駐車場に停めた車へと案内してくれる。

外へ出て、ロスよりも気温が低く寒さを感じた。トレーナーとジーンズなので震えるほどではないが、首元がスーッとしてひとつに結んでいた髪をほどく。

父は黒い高級ドイツ車へ歩を進め、トランクへキャリーケースを入れて、私を助手席に座らせる。

「ちょうど混む時間帯だから、もしかしたら三時間くらいかかるかもしれない。お腹が空いているようなら、途中で食べてもいいが」

「お腹は大丈夫。機内食を食べてそんなに経っていないから」

父が運転する車は空港の駐車場を出る。

「そうか。眠かったら寝てていいからな」

「はい」

そう答える私だけど、初めて見る日本の景色がめずらしくて車窓から田園風景を眺める。

車はハイウェイに乗り、スピードを上げて、東京に向かっている。

ここが、私が生まれて五歳までいた国……。

滞在期間中、せっかく日本へ来たのだから、前もってガイドブックでチェックしてきた場所へ行こうと思っている。

「滞在するホテルはパーティー会場と同じところを取った。振袖での車移動は避けた方がいいと思ってな」

「パーティーは一週間後よね？　それまでは出かけてもいい？」

「もちろん。ただ、日本は初めても同然なんだ。気をつけるように」

父の了承を得て、牛革の大きめのショルダーバッグからガイドブックを取り出すと、明日の予定を立て始めた。


父の言う通り、道路が混んでいて、ホテルに到着したのは夜の八時半を回っていた。

チェックインの手続きをしている父をロビーで待っていると、迷子の女の子がママを捜して泣いていた。

一緒に捜そうとしたところへ母親がやってきた。母親も子供がいなくなってパニック状態だったのだろう。私にひどい言葉を投げつけたけれど、助けてくれた人がいた。

驚くことに、御子柴絢斗氏だった。こんな偶然ある？

私は気が動転して、逃げるようにして去り、柱の陰に隠れた。彼の姿が見えなくなり、私を捜している父のもとへ戻る。

「チェックインは済んだよ。食事をしようか。このホテルには有名店がたくさん入っているんだ」

「パパ、今日はいいです。お腹は空いていないので。もう遅いし、帰ってください。迎えに来てくれてありがとう」

父からカードキーを受け取って、にっこり笑い頭を下げる。

「腹は減っていない？　しっかり食べないとダメだぞ」

「うん。なにか食べたくなったら、軽食をルームサービスします。パパ、早く帰って。奥さんが待っているわ」

「そんなことは気にしなくていい。家内は理解している。とりあえず、今日はゆっくり休みなさい。ルームサービスで好きなものを頼むといい。それから」

父は財布からお札を取り出して差し出す。

「パパ、お金は持っているから」

「いいから。あちこち観光するんだろう？　これで欲しいものを買いなさい。エレベーターまで送るよ」

強引に私の手に押しつけられてしまい仕方なく受け取り、私たちはエレベーターホールへ向かった。

「はい。じゃあ……、気をつけて帰ってね」

父は笑みを浮かべてその場を立ち去った。

今日は土曜日だ。家族に気を使って帰宅してもらったけれど、パパはレストランで食事したかったのかな……。

私は渡されたカードキーに印字されている部屋番号を確認して、エレベーターホールへ進む。

素敵な高級ホテル……。

部屋は九階のスーペリアルームだった。

入ってすぐの荷物置き場に私のキャリーケースが置かれていた。

クイーンサイズのベッドがひとつと、窓際に二脚の椅子とテーブル、それに書き物ができるデスクの横に大きなテレビがあり、快適に過ごせそうな空間だった。

ベッドの端に腰を下ろして「はぁ～」と、ため息が漏れる。

とうとう来ちゃった……。

ひとりになると、急に寂しくなる。

「きっと、ここはホームじゃなくアウェイだからよね」

自分がかつて住んでいた国だけど、五歳までの記憶はほとんどなく、断片的に幼稚園の制服を着て遊んでいたのが思い出されるだけ。

母に連れられてロスへ行ったときは英語がまったくわからなくて苦労したが、キンダーガーデンで学び、しだいに話せるようになっていった。

父の家族に遠慮して夕食を共にしなかったが、やはりお腹は空く。

デスクの引き出しに入っていたルームサービスのメニュー表を見て、クラブハウスサンドとジンジャーエールをオーダーした。

翌日からガイドブックに載っていた観光地を巡《めぐ》り始める。

浅草《あさくさ》、渋谷《しぶや》、新宿、銀座、お台場《だいば》など、日曜日から金曜日までスマホを片手に歩き回った。そのうちの二日間は夕方から父と合流して食事をした。

ひとりでの観光は寂しかったが、色々なものに触れ、有名な場所へ行き、スマホに写真を収める。

若旦那の目に留まらなければ月曜日に帰るつもりなので、目いっぱい自分なりに楽しんだ。

そして土曜日がやってきた。

十一時からのパーティーに備えて、私は朝の六時半からホテルの美容室で、髪をセットしてもらっていた。

部屋に戻り待っていると、八時過ぎに父と共に年配の女性がやってきた。

着付けをしてくれるスタッフかと思ったが父に紹介されて驚く。ショートカットのその女性は父の後妻だったのだ。

「澪緒さん、綺麗になったわね。お母さまが亡くなられて心配していたのよ」

彼女には私と一カ月違いの息子がいる。父と不倫の末、母の後釜《あとがま》に入ったのだ。

「パパには気を使ってもらっていました。ありがとうございます」

両親の離婚の原因となったこの女性に、私はぎこちなく表情をこわばらせて口にした。

「澪緒、家内は着付け教室の先生なんだよ」

私は心の中でため息をつく。

母の敵だった人に娘の着付けをさせるなんて……。

人の気持ちに無頓着な父だからこそ、不倫ができたのだろう。

「はい。わかりました。よろしくお願いします」

彼女に頭を下げる私に、父は「仕上がりが楽しみだな」と目尻を下げて部屋を出ていった。

ふたりきりの気まずい空気の中、着付けが始まった。父の奥さんは着付けの手順について説明する以外は、ほとんど口を開くことはなかった。

私も口を開かず、居心地の悪い時間が流れ、支度がすべて整ったのは二時間後だった。

着付けが終了し、父の奥さんはそこで初めて私の振袖姿に満足そうな顔になる。

「澪緒さん、あなたは主人の子供だけど、私にとっては他人なの。今日のパーティーで若旦那に気に入られなかったら、すぐにアメリカへ帰ってくださいね」

「……はい。そのつもりです」

彼女が前妻の娘である私を嫌うのは無理もないが、面と向かって言われてしまうとやるせなくなる。

「本当に主人は仕事のこととなると、手段を選ばないのよね。遠く離れた娘でさえも駒に使うなんて、可哀想な澪緒さん」

「今まで父には援助してもらっていました。少しでも恩返しができればと思ったので、自分が駒だなんて考えていません」

自分の意思で日本へ来たのだ。

「主人がどれくらい援助したのか私は知らないけれど、そうおっしゃるからにはかなりの額のようね」

「額……」

「澪緒さんは強欲だわね」

「えっ……？　ごう、よく……？」

言葉の意味がわからずに困惑する私に、彼女はフンと鼻を鳴らす。

「若旦那の財産目当てで引き受けたんでしょう？　計算高い娘になったものね」

「それって、お金目当てと言っているんですか？」

「そうよ。たしかに若旦那はどんな男も霞むくらい素敵ですけどね。あなたには手の届かない人よ。本当に主人は……。お金をかけてまで日本へ呼び寄せ、こんな高級ホテルに滞在させるなんて。私としては腹立たしい限りよ」

ひどい言葉を投げつけられ、綺麗にメイクしてもらった顔が歪む。

気にしてはいけない。

冷たい空気が流れ息苦しさを覚えたとき、ドアチャイムが鳴った。

「主人かしら」

先ほどとは打って変わって笑顔になり、彼女はドアへ歩を進めた。

部屋に入ってきた父は目を丸くして近づいてくる。

「澪緒！　なんて美しいんだ！　自慢の娘だ」

興奮気味に褒められるが、父のうしろに彼女がいるせいで素直に喜べない。

「……綺麗な着物のおかげよ」

父が用意してくれたこの振袖はとても値の張るものらしい。

生まれて初めての振袖を身にまとった私は、一瞬誰なのだろうというくらい様変わりしていた。

帯で締めつけられて、なにも食べられないほど苦しいが、この姿が気に入った。

「澪緒さん、洗面所で口紅を直してきた方がいいわ」

「わかりました」

着物に合わせて紅赤と言われる口紅を手渡され、洗面所へ向かう。

鏡に顔を映すと、それほどリップは落ちていなかったが、ひと塗りしておく。

部屋に戻ろうと洗面所のドアを開けたとき、声が聞こえてきた。

「あなた、いくらなんでも、あんな高いお着物を用意するなんて」

父の奥さんの苛立った言葉に足が止まる。

「それくらいのことをしなければ、若旦那の目に留まらないだろう」

妻をなだめる父。

「それはそうだけど……」

「いいか？　澪緒には多額の援助をしている。御子柴屋の若奥さまになってもらえれば、のちのちいい投資だったと思えるだろう。それがうまくいかなくても、あの子は美人だ。金持ちを見つけて結婚させ、親孝行してもらえばいいんだ」

私は耳を疑った。たしかに援助はしてもらった。だから、わざわざ日本まで来たのだ。だけど、父の本音を聞いてしまいショックだった。

父は若旦那に気に入られなければ仕方ないと、私に言ってくれていたのに……。

壁に手をついて、暴れる鼓動をどうにかして静めようとした。

「大丈夫、澪緒は私に感謝している。いざとなれば諦めて素直にどこかの金持ちと結婚するだろう」

「ええ。そうよね」

「澪緒？　まだかね？　もう行く時間だ」

父の呼ぶ声に、大きく深呼吸をしてふたりのもとへ戻った。

ロビーへ下りると、父はレストルームへ立ち寄ると言って離れていった。

ひとりになってすぐ、白髪のある外国人夫婦に呼び止められ振袖を褒められる。

先ほどの父たちの会話を聞いて気持ちが沈んでいたので、褒められて少し気分が明るくなる。

「お嬢さん！　素晴らしい！　日本人形のようだ！　その美しい着物はなんと言うのですか⁉」

年配の夫婦は人のよさそうな笑顔で近づいてきた。約一週間ぶりの英語に、私はにっこり笑顔を向けた。

「これは振袖と言います。袖が長いのが特徴なんです」

「美しい！　写真を一緒に撮ってくれませんか？」

「もちろん。どうぞ！」

私は通り過ぎるホテルスタッフを呼び止めた。

「すみません。写真を撮ってくれますか？」

笑顔で引き受けてくれたホテルスタッフに、男性がカメラを手渡し、私を真ん中にして写真を撮る。

撮ってもらった写真を男性は確認して、「ビューティフル！」と喜んでいる。

「お嬢さん、ありがとう。素敵な一日を！」

「おふたりも、素敵な一日を過ごしてください。いいご旅行を！」

普通ならハグをして別れるところだが、振袖姿に遠慮したのか、ふたりは皺のある顔をほころばせて手を振って去っていった。

夫婦のおかげで少し気分が明るくなったかも……。

「俺とも写真を撮ってくれませんか？」

ちょっぴりリラックスしたところへ、今度は若い男性の英語が聞こえてきた。

まだパーティーの時間は大丈夫よね？

「私でよかったら……えっ⁉」

英語で返事をしながら顔を向けて、声をかけてきた人物に唖然となった。

驚くことに、今日のパーティーの主役である御子柴絢斗さんが立っていたのだ。

「では失礼」

彼は颯爽《さっそう》とやってきて、手に持っていたスマホを自分たちにかざし、心の準備もないままあっという間にボタンを押した。

写真を撮ってすぐさまスマホは胸元にしまわれる。

前に顔を合わせたときは気が動転して逃げてしまったけれど、今度はちゃんとご挨拶をしなきゃ。こんなチャンスはもうないかも。

写真で見たように、まるで洋服を着ているかのように着物姿に違和感がなく、それどころか男の色気が漂うほど素敵だった。先日のスーツ姿もよく似合っていたけれど。

一緒に写真を撮りたいと望んだのは彼なのに、その顔は笑みもなく無表情だ。

「振袖、よく似合っていますよ」

今度は日本語で話しかけられるが、表情は硬い。目が笑っていないのだ。

「ありがとうございます」

「間違っていたら申し訳ない。俺を見て驚いたということはパーティーの出席者？」

「はい。そうです」

会話をして印象づけなければと思うのに、なにも思い浮かばない。

あ、彼は英語を話していたわ！　そのことを話題にしてみようかな……。

「英――」

「時間のようだ。では」

彼は私の言葉を遮り、あっけなく去っていった。

会場の方へと向かう彼のうしろ姿をポカンと見送ったのち、ハッとして顔をきゅうっとしかめた。

なんなの？　あの人。

私の話なんて聞く耳持たずで、行ってしまった。写真も準備ができていないのに勝手に撮っちゃったし、きっと変な顔をしているはず。失礼な人っ！

「澪緒、ここにいたのか。捜したじゃないか。もう時間だ。行こう」

憤慨しているところへ、レストルームへ行っていた父が現れた。

「は、はい」

先ほどの彼の印象から、行っても無駄ではないだろうかと思う。振袖がよく似合っていると言ったのは単なる社交辞令だろう。

足が動かない。

「澪緒？　なにをしている？」

私がついてこないことに気づいた父に手招きをされ、下唇を噛んで一歩踏み出した。

パーティー会場の入り口で、着物姿の若い女性に招待状を見せた父は、私を中へ進ませる。

スーツを着た男性を除き、ほぼすべての女性たちが着物姿で参加しており、会場内はありとあらゆる色で溢れかえっていた。さすが、老舗の呉服屋のパーティーだ。

父は着物ではなく、チャコールグレーのスーツを着ている。

会場へ入って真っ先に目が行くのは、紫色の羽織を綺麗に着ている御子柴絢斗氏だ。

二組の母娘と話をしている。そのうしろには列をなすように他の母娘も。

彼の隣には白髪を綺麗に結った女性がいて、お客さまと笑顔で会話している。

「さすが御子柴屋の若旦那だなぁ。パッと目を引く素晴らしい着物姿だよ。それにしてもあの列に並ばなければ話ができなそうだ。予想はしていたが。隣にいるのが御子柴屋の大奥さまだ」

父が彼の方へ視線を向けて当惑している。

食事はブッフェスタイルで壁三面に料理が並び、フロアにはテーブルと椅子がセッティングされている。開け放たれた窓から庭園にも出られるようで、私が毎日散歩していた滝がよく見える。

思った通り彼目当ての女性がたくさんだ料理が並んでいる場所からもう一度彼の方へ目を向けた。その瞬間、ドクッと私の心臓が大きく跳ねる。

なぜならば、若い女性と話をしていたはずの彼がこちらを見ていて、目と目が合ったから。でもすぐにその顔は正面に戻された。彼は女性に笑いかけていた。口元を緩ませている彼を初めて見る。

だけど、さっきのは冷たい視線だった……なんであんな風に私を見るの？

「澪緒、まだ時間がかかるようだ。食事をしなさい。私は知り合いに挨拶してくる」

「はい」

父は私から離れ、知り合いの男性の方へ歩を進めた。

私を知り合いに紹介できないのね……。うまく使おうとしている娘だもんね。

急に息苦しくなって、大きく深呼吸をする。

人に酔っちゃったのかも。帯が苦しくて、食事もしたくない。

窓へ近づき、慣れない草履でパーティー会場を離れる。

庭園には薄いピンク色のコスモスや赤いサルビアが咲き誇り、金木犀《きんもくせい》のいい香りが鼻をくすぐる。

滝がある柵のところまで来て足を止めた。

「あ、虹……」

滝の水しぶきでうっすらと虹を作っていた。

ほとんど入らない小さなバッグを開けて、スマホを取り出して虹を撮る。ついでに虹をバックに自撮りもする。

虹には母との思い出がある。

ハワイへ行ったとき、あれは十四歳くらいだった。

『澪緒、見て。虹が出ているわ。虹は幸運のサインで縁起がいいのよ。いいことが起こりそうね』

あのとき、虹でいいことが起こったのか覚えていない。

人工的に作られた虹なんて期待できないわね。このままパーティー終了までここにいたい。

俯《うつむ》いて撮った写真を確認していると、スマホに影が落ちた。ハッとして顔を上げた先に、驚くことに御子柴絢斗さんが立っていた。

彼の姿に心臓が大きく跳ねる。

なぜこんなところにいるのか。彼のうしろへ視線を向けるが背後には誰もいない。

当惑していると——。

「援交している男と御子柴屋のパーティーへ来るとは、節度に欠けていないか?」

「えん……こう……?」

彼の言っている意味がわからず、首をひねる。そしてなぜここに現れたのか。ひとつわかるのは、彼が怒っているように見えることだ。

「とぼけるのか? 君の〝パパ〟はその美貌で俺を誘惑させて、弱みでも握るつもりなのか?」

滔々《とうとう》と話しかけられるけど、理解できたのは〝誘惑〟という言葉だけだった。

彼は私が御子柴屋のパーティーに出席したのが気に入らないの? 誘惑は言いすぎ

だけど、あながち間違ってはいない。

「パパと出席しているけど、そこまで言われるなんてひどいです」

思わず反論する。

気に入られるどころか、彼はなぜか私に嫌悪感たっぷりだ。

もう終わったと、心の中で父に謝る。ううん。父に謝る必要なんてない。

そこへ駆けてくる足音が聞こえて彼が振り返り、私も彼の背後へ視線を向けた。

「澪緒！　こんなところで！　ええっ⁉　御子柴さんと一緒にいたのか」

彼がいると思わなかったのか、父は落ち着きを失っている。父は若干の息切れをさせながら、私の隣に立ち頭を下げる。

「御子柴さん、ご無沙汰しております。株式会社NISHIZAWAの西澤でございます。これは娘の澪緒です。ぶしつけで恐縮ですが、こちらの身上書をお受け取りください」

腕組みをしている御子柴屋の若旦那に、父はへつらうような笑みを浮かべながら封筒を渡す。

その姿に心の中でため息をつく。

もう私の印象は悪いのに……。

ところが、どういうわけか彼は涼しげな目を大きくさせる。

「娘さん？」

封筒を受け取った彼がポツリと確認の声を漏らすと、父は「別れた妻が引き取った子供なんです」と誇らしげな表情になる。

「……西澤さん、娘さんとふたりにさせていただけますか？」

えっ？

彼の言葉に私は目をパチクリさせる。

「それはもちろんかまいませんが」

「ではお願いします」

父は一瞬戸惑ったものの、満面の笑みを私に向けてパーティー会場へと戻っていく。

その背を見送っていると、振袖姿の女性たちが遠巻きにこちらを見ているのに気がついた。

「……ここにいてもいいんですか？　皆さんが待っていますよ？」

彼も父が去るのを振り返り見ていたから、パーティーの参加者が私たちの様子をうかがっているのがわかったはずだ。

「俺は君と話をしたい」

「……どう見ても、あなたは私を不快に思っていますよね？　私と話す必要はないのでは？」

「君を知りたいと思ってね」

「私を……？　無駄な時間を使う必要はないです。正直に言います。御子柴屋と関わりを持ちたい、今日のパーティーに出席して若旦那に気に入られてほしいとパパに頼まれたから来ただけです。借金の返済を条件で」

会場を出る前に感じた息苦しさが再び襲ってきて、顔が歪む。

「西澤社長がうちと業務提携を結びたがっていたのは知っている」

「両親が離婚した後、ママは私を連れてロスに行きました。二年前にママが亡くなるまで援助をしてくれていたので、パパの手助けができればと思ったんです」

でも、もう恩を感じていた気持ちはなくなっている。他の金持ちと結婚させられるのも絶対に嫌。

「手助け？」

「恩があるので。もう行ってください」

話ができないくらいの動悸《どうき》と胸の苦しさに足元をふらつかせ、転ばないように手すりに手を置く。

「どうした⁉」

「なんか……、苦しくて……」

「苦しい？　失礼する」

帯の間に彼は指を入り込ませようとしていた。

「きゃあっ！　なにをするんですか！」

「動くな」

彼の手から離れようとすると、肩を押さえつけられる。

「締めすぎているし、それだけ苦しいのであれば、胸紐や腰紐の位置も悪いようだ」

そう言って私の背後に回り、帯の位置を直している。

呼吸がほんの少し楽になった気がする。

「帯枕を少し緩めたがまだ苦しいはずだ。着付けをした人は素人みたいに下手だな」

だからあのとき、父の奥さんは私を見て満足げに笑っていたんだ。

着付け教室を開いているくらいなのだから下手ではなく、故意だったに違いない。

「ありがとうございます。もう平気です。主役は戻らないとダメです。行ってくださ
い。私は部屋へ戻りますから」

「部屋？　君はここに泊まっているのか？」

「はい。ロスから来たので」

「ロスからわざわざ？」

「御子柴さん、私のことはかまわず早く戻ってください」

こちらを遠巻きに見ている着物姿の女性の数が多くなっている。

そのとき――。

「絢斗さん！　こんなところにいらしたのね」

父が彼の祖母だと言っていた女性が、年を取っているとは思えないほど背筋をピンとさせて、つかつかとやってきて私たちの前に立った。

「このお嬢さんはどちらのお嬢さんかしら？」

「西澤社長のお嬢さんですよ。おばあさま、彼女に決めました」

「ええっ⁉」

そう仰天したのは私と彼の祖母。そして近くにいた、目をハートにしていた女性たちだ。

「西澤社長……？」

彼の祖母は父を覚えていないようで首を傾げる。

「おばあさま、彼女の着付けに若干問題があるので、少し席を外します。すぐに彼女と戻りますので、皆さんと会場で待っていてください。澪緒さん、行きましょう」

「え？　えっ？」

祖母の返事を待たずに彼は私の手を握り、パーティー会場とは別の出入り口へと向かっていく。

「ちょっと、待ってくださいっ。彼女に決めましたって？」

「君に決めたんだ」

「私に決めたって、あなたは今日会ったときから私が嫌いだってオーラが出ていましたよね？」

さっきは、あんなに冷たい態度だったのに、まさか気に入られてしまったなんて。

館内に入るドアが目の前にある。そこで彼は立ち止まり、私を見下ろした。私の身長は百六十センチで、仰ぎ見なければならないほど彼は高身長だ。おそらく百八十センチは優に超えている。

「部屋の番号は？」

「９１５です。でもどうして？」

反射的に英語で答える私に彼は頷き、ドアを開けて私を館内へ進ませる。エレベーターホールまで来て、彼はボタンを押した。

「私の質問に答えていません。私が嫌いなんじゃないですか？」

「俺が君を嫌う？　いやとんでもない」

彼はしれっと言い切って、口元を緩ませる。笑顔になった彼はさらに魅力的だった。

「苦しいんだろう？　直してから話をしよう」

「直してから……？　着せてくれた人は帰っています」

「心配いらない。俺が直すから」

ギョッと目を剥《む》いたとき、エレベーターの扉が開いた。先に乗り込んだ彼に引っ張り込まれ、小さな箱は上昇した。

部屋に入ってすぐ、彼は私の帯をテキパキとほどき始める。みるみるうちに私の足元にほどかれた帯が溜まっていく。

「帯に時間がかかったんです。今から直したらパーティーが終了してしまいますよ？」

話しているうちに振袖を留めていた紐がほどかれ、慌てふためく。

普段、ロスでの服装はTシャツとショートパンツだけれど、男性の手で帯や着物を脱がされるのは恥ずかしくて顔が熱くなっていく。

だが彼はまったく意識していないようで、目の前の私を、感情を持たない人形みたいに扱っている。ひとりで顔を赤くしてドキドキしているのがバカらしくなった。

すごい……スピーディーだ。

ほとんど知らない人なのにまったく身の危険を感じないのは、彼が真剣な眼差しで着付けに向き合っているせいだろう。

「動くんじゃない」

父の奥さんとは比べ物にならないくらい手際よく振袖の前を合わせて、紐で留めていく。

彼は紐を唇に挟んで着付けに集中している。その姿に意思とは関係なく胸が暴れ始める。

かっこよすぎる。絶対に女性に不自由していないはず。男性を信じていない私でも彼のビジュアルは文句なしでクールだと思う。しかも真剣な眼差しは色気がだだ漏れだ。

私は御子柴屋の若旦那に気に入られたの？

『君に決めた』という言葉の意味を考えているうちに、帯もあっという間に結んでしまった。

「これでいい」

彼は一歩後退して、私のうしろを確認し満足げだ。

「苦しくはないか？」

あ……、先ほどの苦しさがすっかりなくなっている。だからといって胸元や帯はきっちりとして、緩んでいるわけでもない。

「はい……すごいですね」

称賛する私を尻目に、彼は窓際の椅子に腰を下ろすので、私は戸惑う。

「パーティーの主役なのに。早く戻った方がいいです」

「ここへ来てまだ三十分くらいだろう？　パーティーが始まって一時間半ってところか。話がある。帯があるから君はベッドに座って」

彼は綺麗な紫色の羽織の袖を少しずらし、スティール製の時計へ視線を落とす。そして父が渡した封筒を開ける。

彼は中から手紙を取り出したが、それになにが書かれているのか私は知らない。

手紙に視線を走らせた彼は再びそれを封筒にしまい、胸元に戻した。

「なるほど……学歴は合格点だな。よかった。これで祖母の目的は果たされた。これからのことを決めてから戻っても遅くはない」

学歴は合格点……？　パパの手紙に書いてあったの？

「……これからのこと？」

仕方なく彼の椅子に近いベッドの端に座ると、切れ長の涼しげな眼差しとぶつかる。

「俺は君が気に入った。はるばるロスから来たのなら遊び半分ではないのだろう。君の英語はこれからの御子柴屋にとって有益になる」

「私の英語が？」

「ああ。時々見えられる各国大使館員の奥さまへの接客や展示会などで英語が話せる者がいるのは都合がいい。俺以外うちで話せる従業員はいないからな」

彼は私をビジネスの材料と思っているんだ。

「私を従業員として……？」

「婚約者としてだ。君の父親の会社と業務提携してもいいと考えている」

「それは……」

父の本心を知った今、私は父に対して腹を立てている。業務提携などしてほしくない。だから、彼の申し出はきっぱり断らなければならない。

「それは？」

「私はあなたと婚約はしません」

「理由は？　俺に見初められるために来たんだろう？」

彼は体の前で腕を組み、余裕の表情で私を見つめている。

「もういいんです」

私は強く言って彼から目を逸らし、横を向く。

「ぶっきらぼうだな。もういいとは？」

「父はあなたに気に入られなかったら、別のお金持ちの男性と結婚させようと思っているんです。私をビジネスの駒に使おうとしているのがわかったんです。あなたがダメだったら仕方がないと、言ってくれていたのに」

そう言うと、彼はおかしそうに笑う。

「どうして笑うんですか？」

「君は俺でも他の男でも、金持ちなら誰でもかまわないんじゃないのか？」

「えっ？　違います！」

「違う？　どうして？」

「あなたはロスで写真を見ましたから。素敵な人だと思いました」

急に彼はお腹を抱えて笑いだした。さっきよりも激しく。その姿に私はあっけにとられる。

「君は率直に言うんだな。俺にひと目惚《ほ》れをしたってわけか」

「か、勘違いしないでください。私は男性を信じられないんです。だから、ひと目惚れではなく──」

「どうでもいいのなら、他の金持ちの男と結婚してもいいんじゃないか？」

それが私にもわからないけど、彼以外の人は嫌なのだ。でも、その気持ちがどうしてなのかわからない。

「父親孝行したくなければそれでもいい。俺は君を選ぶと招待客の面前で宣言したんだ。今さら逃げられても困る」

「そんな……戻ってから誰か他の女性を──」

「今、なかなか戻らない俺たちに、みんながどんな想像をしているかわかるか？」

彼の言うことは想像がつく。部屋にこもる男女がすることを……。けれど、着物なのだからそんなことは考えないはず。

「着物は意外と便利なんだ。こうやって開けば」

ふいに彼の手が私の着物の膝のあたりへ伸び、パサッと布を広げた。私の膝頭があらわになり、落ち着きをなくす。

「や、やめてください」

直そうと裾に手をやると、先に彼の手で着物は綺麗にもとに戻される。

「俺は君が気に入った。俺の嫁になれよ」

彼と結婚?

「なにも私のことを知らないのに?」

「これから知ればいい。君は俺にひと目惚れしてくれたらしいが、俺も君のその目が好きだな。俺のことは絢斗さんと呼んでくれ。さん付けに慣れなければ絢斗でもいい」

「私の目が好みだと?」

私は眉をひそめ、困惑しながら聞いた。

「ああ。猫のような大きな目がいい。お互い好きなところがあるのなら、まあ結婚生活もうまくいくだろう。君にはこれから着物の勉強をしてもらわなくてはならないが。店にも出てもらうことになる。一日中ゆっくりする暇がないかもな」

「店に出る? 一日中ゆっくりする暇がない、ってどういうこと?」

「働くってことだ」

「馬車馬のように働けってこと?」

生前、母が好きだった言葉だった。

「クッ」

彼は口元を緩ませて笑う。

「御子柴屋の若奥さまを馬車馬のように働かせるわけにはいかないな。勉強はたっぷりしてもらうが、一日中ゆっくりする暇がないというのは、跡取りをもうける行為のことを言っている」

私は今の話の半分も理解できなかった。

「跡取りをもうける行為って……？」

首を傾げ尋ねると、彼は一瞬驚いた顔になったのち、声を出して笑い始める。

「クックッ、その分だと日本語も勉強しなくてはならないな」

「笑わなくたって！　五歳からロスにいたから難しい日本語はわからないんですっ」

「こんなパーティーを開き、女性たちに会う理由を聞いてる？」

父がロスに来たときに、御子柴屋の後継ぎが必要だと言っていたのを思い出して、コクッと頷く。

「それなら話はわかるだろう？　君は妊娠をして赤ん坊を産むんだ」

そうだった。どうせ若旦那に気に入られるはずはないと思って、そのことを深く考えていなかった。

日本へやってきて、パーティーへ出席して帰国する。それで父への恩返しができると思っていたから……。

「赤ちゃんを……」

「さてと、そろそろ行こうか。おばあさまに紹介して、この茶番劇を終わらせたい」

戸惑う私にかまわず彼は椅子から立ち上がり、手を差し出す。

「ちょっと待って！　私の気持ちは？　あなたと、そ、そのセッ……」

「絢斗さんだろう？　もしくは絢斗だ。アメリカ育ちなのに恥ずかしがっているのか？　そういったことはティーンエイジャーの頃からオープンだと聞いているが？」

「私は違います。男は信じていないって言ったでしょう？」

「俺を信じるも信じないも勝手だが、俺を夫にして損はないと思うが？　君の借金は俺が払おう。どの道、成果を得られないで帰国すれば借金が残るだろう？」

お金目当てだと思われて愕然となるが、それよりも父に恩があるから来たことに意味があった。

でも……どちらにしても私がここに来たのはお金が絡んでいるか……。

それなら私は悪女を演じる。

「借金の額を聞かないんですか？　一億かもしれませんよ？」

一億なら彼が怖気《おじけ》づくと思って吹っかけてみた。

そんな大金払えるわけないもの。私はロスに帰って、地道に百万円の借金を返せばいい。日本に来れば父が借金を返済してくれる約束だったけれど、父の本心を知ってしまった今は断るつもりだ。これ以上援助を受けて、父に利用されたくはない。

「一億？」

絢斗さんは片方の眉を上げてから不敵に笑う。その表情に気圧《けお》されながらも頷く。

「そ、そうです。私と結婚するにはものすごいお金がかかるんですよ？　そんな大金、払うなんてできないですよね？」

「一億の花嫁か。君にならもっと払ってもいい。よし！　成立だな」

「えっ？　もっと……？」

「行こう。おばあさまに紹介をしよう」

絢斗さんは心の整理がついていない私の手を掴《つか》むと、部屋を出てパーティー会場へ向かった。

着物に不慣れな私のためか足取りはゆっくりだ。

会場の入り口では、先ほどここで招待状を確認していた着物姿の若い女性が周りへ視線を動かしながら立っていた。

「若旦那さま」

彼女は絢斗さんの姿に、小さい歩幅で近づいてくる。

「翠子、紹介しよう。彼女は澪緒さんだ。俺が選んだ人だ。これからよろしく頼む」

「澪緒さま、大奥さまの秘書の藤原翠子と申します」

とても上品な所作でお辞儀をされる。

「澪緒です。よろしくお願いします」

よろしくお願いします、と言っていいのかわからない状況だけど、私も頭を下げる。

「大奥さまがお待ちです」

「ああ。わかっている。澪緒さん、行こう」

彼は私の手を引いて会場の中へ入り、テーブルに着きお客さまと話をしていた彼の祖母に近づいた。少し離れた場所にいる父の姿を目の端で捉えた。

「おばあさま、お待たせしました」

孫に気づいた彼の祖母は話を中断して、慌てて立ち上がる。余裕のない、老舗呉服屋の大奥さまらしからぬ動きだ。それほどこの件に戸惑っているのだろう。

大奥さまは鋭い目つきで私を見遣《みや》る。私が孫の嫁として相応しいのか見極めようとしているみたいに。

「里中澪緒です」

私は名乗りお辞儀をする。

「里中さん？　お父さまはたしか西澤さんと。苗字が違うの？」

「はい。私が五歳のときに両親は離婚しています」

「まあ……そのようなお家の方と……」

古い人だから、離婚に偏見があるみたいだ。

「おばあさま、別にめずらしいことでもないでしょう？　相手は任せていただけると約束していましたよね？」

「絢斗さん、そうですけど……」

どうしても得体の知れない私を受け入れられない様子。

「ほら、おばあさまも納得していないよう――」

これを機に、この話はなかったことにしてもらおうと口を開くと、絢斗さんに冷静な声で遮られた。

「おばあさま、俺は彼女しかもう目に入りません。決めましたので。よろしくご指導のほどお願いいたします」

「絢斗さん……」

パーティーの出席者の手前もあり、大きく反論に出られない大奥さまは、ため息を漏らして口を噤《つぐ》んだ。

そこへタイミングを見計らったように父がやってくる。

「澪緒の父でございます」

へつらうような笑顔に嫌悪感を覚え、彼に握られていた手に力が入る。

父はうまくいったと、内心この先の計画を立てているみたいに見えた。

「西澤さん、これから澪緒さんと今後の予定を立てますので、決まりましたら改めてご連絡いたします。今日はこれでお帰りになってくださってても結構です」

絢斗さんのきびきびした物言いに、父は言葉に詰まる。

パーティーは残り一時間ほどだ。

「い、いや、私は澪緒の保護者ですし、お話も」

きっと父は残って今後のことを話したいのだろう。

私はそんな父に笑顔を向けた。

「パパ、ここは大丈夫だから」

「……そうか。では夜にでも電話をしてくれ。それではふつつかな娘ですが、どうぞよろしくお願いいたします」

父は絢斗さんと大奥さまに頭を下げてパーティー会場を去っていった。

それからの彼は私を知り合いに紹介したり、自ら料理をとってきてふたりで食事をしたりと、周りの女性には目にもくれず一緒にいてくれた。

パーティーが終わり、大奥さまと翠子さんはお客さまを送り出してから帰っていった。

「絢斗さん、私もここで」

この状況をひとりになって考えなければと、彼に頭をペコッと下げて回れ右をする。

「ちょっと待て。脱いだ振袖をたためるのか？」

「えっ？　たたむ……？」

振り返りキョトンとなる。

「それにホテルをチェックアウトしてうちに来るんだ」

「展開があまりにも早いです」

どんどん話が進んでいき、私は引きつった顔でうろたえる。

「考えさせたら逃げられそうだからな。かなりの大枚払ってばからしいパーティーを開いたんだ。こんな会は二度とごめんだ」

「逃げません。ただ考える時間を」

「うちに来て考えればいい。ほら、行くぞ」

絢斗さんに手を掴まれ、エレベーターホールに連れていかれた。

花嫁修業のはじまり

ホテルをチェックアウトし、絢斗さんは呼んでいたハイヤーに私を乗り込ませた。キャリーケースなどの荷物はトランクの中だ。

後部座席の私の隣に、絢斗さんは着物が皺にならないよう注意を払いながら腰を下ろす。その一連の動作は堂々とし、流麗《りゅうれい》で見惚《みと》れる。

振袖から私服に着替えた私は日本に到着したときの服装だ。髪は飾りだけ取り、三つ編みはほどいていない。

パーカーにジーンズ姿の私、洗練された着物姿の彼。

並んで座る私たちはなんてチグハグなんだろうと思って、なんだかおかしくなった。

車が動き出すと、彼は名刺入れから一枚取り出して私に渡す。

「ここが御子柴屋本店の住所と電話番号、自宅はそこから徒歩五分ほどのところにある。君の住まいになる。祖母と、別棟に住むわが家を管理してくれている夫婦、それと通いの家政婦がいる」

「はぁ……」

名刺へ視線を落とし、これからどうなってしまうのか……ため息しか出ない。

「気のない返事だな。君は今日から婚約者として同居し、御子柴屋の若奥さまの勉強をするんだ」

流されるままについてきてしまったけれど、やっぱり彼の婚約者にはなれない。まだ結婚なんて考えられないし、老舗の呉服屋の若奥さまとしてやっていく自信もない。

彼は借金を返してくれると言ったけれど、借金は自分の力で返し、ロスに戻ろう。

「私、やっぱりロスへ帰ります」

「澪緒、すでにおばあさまにも紹介をした。パーティーの出席者にも君の存在を知られた。このままだと俺の顔が立たない。ひとまず三カ月だけでいい。婚約者のふりをしてくれないか。三カ月経って君の気持ちが変わらなければ婚約は解消してもいい」

彼の必死な様子を見て、よほど困っているんだろうと感じた。

父の頼みとはいえ彼に見初められるためにこのパーティーに参加したのは事実だし、皆の前で婚約者だと宣言されたときにはっきりと断らなかった私にも責任はある。

三カ月経ってロスに戻れるなら、その間だけやってみてもいいか……。

「じゃあ、三カ月間だけ。そうしたらロスに戻ります」

「日本に住むつもりで来たのではないのか？」

「こんな展開は予想していなかったから、明後日のフライトで帰る予定だったの」

「残念だったな。俺の目に留まって」

絢斗さんは楽しそうに口角を上げて笑う。

残念……？　私は本当にそう思っているの？

男性を信じられなくて遠ざけてきた私が、写真を見て彼に会ってみたいと惹かれたのは事実。それにもしこのまま本当に結婚すれば、ずっと欲しかった家族団欒《だんらん》が手に入るのだから、私にとっても悪い話じゃないはず。

「……ひとつだけ条件が。もしも、私があなたと結婚したとしたらなんだけど」

「条件？　聞こうか」

まだ結婚するかもわからないので言おうか迷ったが、やはり母の二の舞だけはごめんだ。しかもモテる絢斗さんには今後も誘惑が多そうだし。

「……浮気だけは絶対にしないで」

「浮気か。わかった。君の家は複雑なようだな」

簡単にわかっただなんて、本当なのか疑ってしまう。

ハイヤーは運転席との間に仕切りがあり、話を聞かれることはないと考えて口を開く。

「パパはママと結婚しているときに、今の奥さんと不倫をしていたの。私には一カ月違いの異母弟がいるけど、一度も会ったことはなく、両親は私が五歳のときに離婚して、母はロスに引っ越したの」

「それは男としても許せないな。子連れでロスに引っ越したとはすごい行動力だ」

「ママは結婚前、特殊メイクアップアーティストで、日本よりもハリウッドの方が、仕事があるからと、知人に誘われて」

絢斗さんはちゃんと話を聞いてくれて好感が持てる。

ロスでは話もそこそこにベッドに連れ込もうとする男ばかりだった。男を信じられない私は誘惑の手には一度ものらなかった。


ハイヤーは古めかしい木で造られた門前に止まった。運転手はトランクから荷物を出し、私たちは車から降りる。

「ここがうちだ。明治からの建物だが、リフォームを何度もしているから不自由はないと思う」

絢斗さんは私の着物が一式入っているカバンを持ち、運転手がキャリーケースを玄関まで届けてくれる。

門から玄関までの距離に驚きながら、きちんと刈り込まれた木々のある庭も素敵だと眺める。

「ありがとうございます」

キャリーケースを運んでくれた運転手にお礼を伝えると、運転手は頭を下げて車へ戻っていった。

レンガ造りのモダン建築の二階屋はレトロ感溢れ、日本で育っていない私だけれど、こういった建物が好きだとひと目見て思った。

内側から引き戸が開けられ、翠子さんが姿を見せる。

「おかえりなさいませ。大奥さまがお待ちです」

「ただいま。翠子、澪緒の振袖一式をクリーニングに出して、西澤社長に送ってくれ」

絢斗さんが着物の入ったカバンを翠子さんに渡したところで、年配の男性が現れた。

「若旦那さま、おかえりなさいませ」

「ただいま。澪緒、家のことを任せている江古田だ」

今まで〝さん〟付けだったのに、突然、澪緒と呼ばれ、鼓動がドクッと跳ねた。

アメリカではむしろ呼び捨ての方が慣れているのに、なんでドキドキしちゃうの……？

「江古田と申します。若旦那さま、大奥さまがおひとりでいらしてくださいとのことです」

「澪緒です」

江古田さんの私を見る表情は硬いように思える。なぜだろうか。

「わかった。澪緒を部屋に案内してくれ」

絢斗さんは家の中へ上がり、正面のドアの向こうへ消えていった。

「どうぞこちらへ」

スニーカーを脱ぎ、一段高いつやつやに磨かれた床に上がる。

江古田さんが出してくれたスリッパへ足を入れ、キャリーケースへ手を伸ばしたところで厳しい声が飛んでくる。

「こちらは車輪が汚いので。下を拭いて部屋にお持ちします」

「あ……ごめんなさい」

江古田さんは私が脱いだスニーカーをきちんと揃え、左側の廊下を手のひらで示し、

「こちらでございます」と先立って歩き出す。

そっか……日本では揃えるのがマナーだったっけ。

「ありがとうございます」

お礼を伝える私に、前を歩く江古田さんは前を向いたまま頭を下げる。

廊下は歩を進めるたびにギシ、ギシと鳴る。

江古田さんは突き当たりのドアがお風呂場と洗面所だと教え、手前の階段を上がっていく。そこにはドアがふたつ並んでいた。

「左側のドアが旦那さまのプライベートなリビング、右手が書斎でございます」

江古田さんはリビングのドアを開けて中へ私を促す。

そこはソファセットと大きなテレビ、オーディオセットがあるだけ。和モダンでまとめられているが、少し殺風景な印象を受ける。

リビングにはドアがあって、そちらは絢斗さんの書斎だと教えてくれる。廊下とリビング、どちらからでも入れる造りのようだ。

再び廊下に出て進むとまたドアがあった。

「こちらがお部屋になります。お隣が若旦那さまの寝室です。では、のちほどお荷物をお持ちします」

「ありがとうございました」

去っていく江古田さんを見送ってから入室する。

そこは畳の部屋で、和ダンスと古めかしいドレッサーがあった。鏡は三枚からなっていて折りたたまれている。床に座って使うタイプのものらしい。

「すごい年代物みたい……私、ここで過ごすの?」

畳の上には平べったいクッションみたいなものが一枚ある。

白い紙が貼られた戸のようなものを引いてみるとガラス窓になっていた。そこから庭と、その先には民家やビルなども見える。

ここでやっていけるの……?

なにもかも今までの生活と真逆になりそうだ。

不安が心に広がり、考え込んでいるところへドアがノックされ、返事をしてすぐに江古田さんがキャリーケースを運んできた。

「こちらへ置いておきます。大奥さまがすぐにいらしてほしいと」

「わかりました」

おばあさまのところへ行けば絢斗さんがいて、この不安が少しは払拭されるかもしれない。

今日初めて会ったが、唯一、数時間一緒に過ごした人だ。ここでは頼る人は彼しかいない。

江古田さんの案内でおばあさまのもとへ向かった。

おばあさまは、玄関を入ってすぐの応接室でブラウンの革のソファに座っていたが、そこに絢斗さんの姿はない。

「そこにお座りなさい」

おばあさまは厳しい声色で、自分の対面のソファに着席させる。

「その容姿を絢斗さんがお気に召したのね。納得はいたしますが、あなたはずっと外国で暮らしていたそうね？」

「はい。ロスに」

「ロス？　私と話をするときは、略語は許しません。ちゃんとロサンゼルスと言いなさい」

さっそく叱られてしまい、たかがそれくらいでと、あっけにとられる。

「わかりました」

「はい、と言えばいいの」

「あの、絢斗さんはどこへ？」

私の質問がマズかったのか、おばあさまは片方の眉をピクッとさせた。

「私の前では若旦那さまとおっしゃいなさい」

「わかり――、はい」

私は身をすくめた。

「絢斗さんは店へ用事ができて出かけました。話を戻しましょう。私が手配する病院で検査をしなさい」

「検査……って、どんな？　私は健康です」

「ちゃんと孫を産める体なのか確認しなければ結婚はさせられません」

そう聞いて、納得できなくはない。結婚をしたのに子供ができないのでは、御子柴家としては老舗呉服屋の存続に関わる。

「いいですね？　明日、病院へ行くのですよ」

「……はい」

「よろしい。あなたには御子柴屋の若奥さまとしての勉強をしてもらいます」

「あや――、いえ。若旦那さまもそう言っていました」

「ええ。まずは九時から店の清掃をやってもらいます。それが終わったら、開店するまで着付けを習いなさい。店に出るときは御子柴屋の嫁らしくお着物ですよ」

「はい」

毎日着物を着るのは大変そうで、考えるとうんざりする。

「それと、お着物の勉強をしてもらいます。顧客にお礼状を書くこともありますからペン習字も習いなさい」

「ペン習字……？　お礼状はパソコンじゃ？」

ペン習字がどんなものなのかもわからない。

「違います。もちろん手書きです。それから、そういった口の利き方はおやめなさい。お礼状はパソコンでしょうか？と、言いなさい」

「はい。ごめんなさい」

謝る私に、おばあさまはキッときつい目を向ける。

「ごめんなさい、ではなく、申し訳ありませんでした、ですよ。そんな話し方ではお客さまを不快にさせてしまいます。まったく、なにも知らない娘を選ぶなんて絢斗さんはどうかしていますよ」

私に苛立ちを隠せないおばあさまだ。

「お作法がなっていませんね。華道、茶道も習うのですよ」

そのふたつもなんなのかわからなくて、重いため息が出そうになる。

とにかく習うことがたくさんってことだ。

「下がっていいわ。わが家の夕食は八時半ですから、それまでこちらを読んでいなさい」

テーブルの上に積まれていた本を示される。十冊はありそうだ。

「はい」

本を抱え込んでそのまま応接室を出ようとすると、背後でこれ見よがしの大きなため息が聞こえてきた。

いちいち気にしていたらキリがない。


二階の自室に戻って、抱えていた本を床に置く。

「ふぅ～、重かった」

私の口から漏れるのは日本語じゃなくて、英語だ。

本は畳の上に置いた瞬間、崩れて散らばった。それを直して部屋の端に寄せておく。

応接室にいる間に、布団一式がたたんで置かれていた。

ベッドじゃないのは初めてでものめずらしく、ポスンとうつぶせで倒れてみた。

ふんわりと体を包み込むような感覚と、なんとなく懐かしい匂いに、瞼《まぶた》が落ちてきそうになる。

「まだ四時半だし、夕食は八時半からだって言ってたから眠っちゃおう」

独《ひと》り言《ご》ちると、スーッと眠りに引き込まれていった。

「――緒、澪緒」

肩のあたりを揺さぶられて、体をビクッとさせて目を覚ます。一瞬、どこにいるのかわからなかったが、もそっと顔を上げた先に美麗な絢斗さんの顔があり、状況を把握した。

「すごい寝方だな。うたたねでも布団をかけなければ風邪を引くぞ」

室内の電気は点けられている。

「今何時……あ！　夕食！」

すっくと立ち上がり、柱に掛けられた時計へ顔を向ける私に、絢斗さんは呆れた顔になる。

「八時二十分だ」

「よかった……」

遅刻をしたらおばあさまに嫌みを言われそうだ。

「ところでおばあさまと話をしたと聞いた」

「はい。いつもあんなに怖いんですか？」

「慣れればそんなことはないと思うが。これは？」

絢斗さんが視線を落としたのは、私が部屋の隅に置いた本だ。

「読めと言われたので。あなたのお嫁さんになるのはものすごーく大変なんですが？」

「だろうな」

一笑に付されて、ムッと口をへの字にさせる。

「……このままでロスに帰るのは女がすたりますから、やれるだけやります」

「女がすたるって、わかっているのか」

「母がここで逃げたら女がすたるってよく言っていたので」

「お母さんは女手ひとつで苦労をしたようだな」

「苦労したのは……」

仕事が軌道に乗る前と、恋人に騙されてからだ。だけど、話すことではない。

「五分前ですね。お腹が空きました。行きましょう」

パーティーで食事をしたけれど、着物を着ていてはやはりたくさん食べられるものではなく、今はお腹が鳴りそうなくらい空いていた。

彼に案内されたのは一階の中廊下の先にあるダイニングルームだった。部屋の造りは和風だけど、雑誌で見たようなモダンな家具がセンスよく配置されている。

椅子があるテーブルに、私はホッと安堵する。

六人掛けのテーブルに帯のような金の地のセンタークロスが敷かれ、三人分の和柄のプレースマットの上にお箸とお皿が用意されていた。

「ここに座って」

絢斗さんはふたつ並ぶ椅子のひとつを引いて私を座らせる。

私の対面にはおばあさまが腰を下ろし、私の左手に絢斗さんが着く。

キッチンでは白いエプロンを身につけた女性が忙しそうに動き回り、江古田さんが料理のお皿を私たちの前に置いていく。

母が和食好きで、よく作ってくれていたので出されたものはすべてわかる。

五種類のお刺身、ぶり大根、茶わん蒸し、漬物などが素敵な器に盛られている。

「いただきます」

背筋をビシッと正した絢斗さんが両手を合わせる。おばあさまも同じで、私も急いで両手を合わせた。

「いただきます」

白いエプロンの女性が白いご飯とお味噌汁《みそしる》を運んできた。「ありがとうございます」と口にすると、絢斗さんが紹介してくれる。

彼女は江古田さんの奥さんの芳子さんだそうだ。

笑顔を向けてくれ、旦那さんの私に対しての仏頂面とは違ってホッとする。

食事中、おばあさまはぽつぽつと絢斗さんに話をするが、私は蚊帳《かや》の外で食べることに集中する。

「まったく、野良猫みたいな娘を気に入るなんて……」

ふと私の耳に入ってきたおばあさまの言葉にハッとして顔を上げる。目上の人は尊重するように母から教わってきたので、野良猫発言に反論していいのか迷って絢斗さんへ視線を向ける。

「おばあさま、野良猫は野良猫でも、美人で性格も可愛い野良猫ですよ」

っ、はぁぁぁ？　私を可愛い野良猫呼ばわりしているっ！

けなしているのか、褒めているのかわからなくて、私は口を閉ざすしかない。

「この子に一から教えるのは大変ですよ？」

「どの令嬢を迎えたとしても同じことですよ。働いたことのない娘さんではおばあさまの手がもっとかかるでしょう」

私を擁護しているのかな……。

口を挟まず傍観《ぼうかん》していると――。

「澪緒さん、おばあさまの期待に応えて頑張ってください」

絢斗さんは涼しげな目を私に向け、挑戦的な笑みを浮かべた。

それから三時間後、私は布団の中で寝返りを何度も打っていた。スプリングのない寝床。めちゃくちゃ固いわけでもない。しかし、慣れない部屋と布団のせいでなかなか眠れない。

横向きで枕を抱えながら、「ふぅ〜」とため息をつく。

目線の先に、積まれた本が暗闇の中でうっすら見える。

本でも読んだら眠くなるかしら……。

体を起こし、枕元のライトをつけて、一番上にあった本を手に取った。それは着物の事典のようで、抱いていた枕を頭の位置に戻してうつぶせで読み始めた。

専門用語ばかりでおもしろみもなにもない本だが、まだ眠りは訪れてくれない。

集中できずに同じところを何度も目で追う。

こんなことじゃ、いつになったらあの本をすべて読み終わることか……。

絢斗さんにやるだけやってみると言ったけれど、私は本当にここで暮らしていけるのだろうか……。

つい本よりも考える方に夢中になって、ドアをノックする音にハッとなった。ガバッと体を起こし、枕を抱きかかえてドアを見る。

「……はい？」

ドアが開き、紺色のパジャマを着た絢斗さんが姿を見せた。目と目が合った途端、彼は「クッ」と笑う。

「襲いに来たわけじゃない。そんなびくついた目をするとは。見た目よりも経験がなさそうだな」

私がアメリカ育ちだから、異性関係もオープンなのだと思われているのかも。

「み、見た目で判断するのはやめてください」

「それに勉強熱心だな」

腕組みをしドアの柱に寄りかかる絢斗さんは、私の横にある本へ視線を向けた。

「勉強熱心なわけじゃ……眠れなかったんです」

「寝床が代わると寝つけない？」

「ベッドで眠りたいです」

希望ぐらい言ってもかまわないのでは？

「ベッドか……俺の部屋にふたりで寝られるベッドがあるが？」

次の瞬間、私の顔がボッと火がついたみたいに熱くなる。

部屋はそれほど明るくないから彼には気づかれないよね？

「……ならば若旦那さまはここで寝て、私はベッドを使います」

「それは無理だな。俺もベッドの方がいい。それよりもその若旦那さまとは？」

「『私の前では若旦那さまとおっしゃい』と、おばあさまに言われたので」

「今は俺たちしかいないんだ。名前を呼べばいいだろう？」

私は大きく首を左右に振った。

「使い分けるのは大変なので」

「わかった。じゃ、眠れないようなら来ればいい。おやすみ」

絢斗さんはあっけなくドアを閉めていなくなった。

「眠れないようなら来ればいいって？　絶対に行かないと思っているのね？」

もちろん、ここで眠れない一夜を過ごそうとも行けるわけがない。

枕を布団の上に戻し、ゴロンと体を横たえる。

あれだけのビジュアルで、女性が選《よ》り取《ど》り見取りに違いないのに、結婚したい相手がいなかったなんておかしくない？

私はどうして絢斗さんの話に乗っちゃったんだろう……。父に失望させられたせい？　借金を払ってくれるから？　男性が信じられないのに家族が欲しいから？

絢斗さんは私の借金が一億円だと思っている。そんな簡単に払えちゃうほど、彼はリッチなの？

考えているうちに、いつの間にか眠りに引き込まれていった。

翌朝。私は、長袖の白のカットソーとジーンズに着替えて、髪はうしろでひとつにゴムで結んだ。

七時前にダイニングルームへ下りると、キッチンでは白いエプロンを身につけた芳子さんが料理をしていた。

「おはようございます」

「澪緒さま、おはようございます」

お味噌汁が入っている鍋に、切ったほうれん草を入れた芳子さんが笑顔を向けてくれる。

「手伝います」

「いえいえ、すぐに主人が来ますので。席にお着きになってください」

ダイニングテーブルには、カトラリーの用意が四人分あった。

座っていいものなのか迷っていると、紺色の着物を着たおばあさまと、クリーム色のワンピース姿の翠子さんが連れ立って現れた。

「おはようございます」

椅子に座るおばあさまと翠子さんに挨拶をして、私も着席する。

隣に座った翠子さんは笑みを浮かべて「おはようございます」と返してくれたが、おばあさまは私に顔をしかめる。

「おはよう。あなたはそのような服しか持っていないの？」

「キャリーケースの中はこんな服ばかりです」

おばあさまは手でこめかみのあたりを押さえ、ため息を漏らす。

「翠子さん、病院の検査が終わったら、デパートで澪緒さんの洋服を見繕いなさい」

「かしこまりました」

翠子さんが返事をしたとき、絢斗さんが入ってきた。彼も深緑色の着物を着ている。

「おはようございます」

「絢斗さん、おはよう」

おばあさまは絢斗さんの姿に先ほどとは打って変わって上機嫌な表情になる。

孫が可愛くて仕方がないのね。

芳子さんと、あとから来た江古田さんが料理などを運ぶ。

「ところで、かしこまりましたとはなにが？」

絢斗さんは袂を押さえながら、醤油《しょうゆ》の小瓶を手にして尋ねる。

「澪緒さんのお洋服が乏《とぼ》しいのでね？　病院のあと、翠子さんに一緒にデパートへ行って見繕うように言ったところなのよ」

「それなら、デパートへは俺が一緒に行く。翠子はいい。澪緒、わかったね？」

「えっ？　はい」

おばあさまは不満そうだったけれど、孫に面と向かってダメだとは言わない。

「翠子、病院が終わったら連絡してくれ」

「かしこまりました」

翠子さんもふたりの主従関係がわかっているのだろう。絢斗さんに返事をしている。

私としては、絢斗さんでも翠子さんでもどちらでもよかった。


朝食後、翠子さんとタクシーに乗り、おばあさまが予約した病院へ向かう。

「翠子さん、おばあさまの秘書になってどのくらい経ちますか？」

「大学を卒業して就職先に慣れずに半年で辞めてからなので、かれこれ、六年でしょうか。でも、幼い頃から知っているので」

「小さい頃から知っている？　なのに……」

なぜあのきついおばあさまの秘書をしようなんて思ったの？と言いかけてやめる。

私の言いたいことがわかったのか、翠子さんは微笑む。

「澪緒さまに対する口調は厳しいですが、本当はそうでもないんですよ。今はパーティーで大奥さまが目星をつけていた女性が選ばれず、あなたさまだったので、戸惑っていらっしゃるんです」

「翠子さんが若旦那さまの奥さんになれば丸く収まりそう」

私が言葉にした途端、翠子さんはサッと私の方を向いて首を左右に振る。

「若旦那さまは誰もが振り向く美男子ですが、冷たくて苦手です。あ、これは内緒で。あくまでも夫として見たら……の話です。雇い主としては仕事もできて、従業員の信頼もあって素晴らしいと思います」

彼女は茶目っ気たっぷりに口元に指を一本立てた。

「たしかに冷たいわね。昨晩、私がベッドが欲しいって言ったら、それなら自分のベッドに来ればいいって」

「えっ？　若旦那さまがそんなことを……？」

急に翠子さんの顔が赤く染まり、私は両手をブンブン振って口を開く。

「私が絶対に行かないとわかってて意地悪をしたの」

「まあ……意地悪を……でも、違うと思いますわ。澪緒さまが可愛いので、からかったのだと」

「からかった？　からかうのならベッドの希望を叶えてほしい」

はぁ～と疲れきったため息を漏らしたとき、タクシーは大きな病院のエントランスに到着した。


受付後、血液検査やレントゲン、内科医による問診、そして産婦人科でブライダルチェックなどを済ませ、会計が終わったのは十三時を回っていた。

「ブライダルチェックまで受けさせてしまって申し訳ありません」

ロビーで待っていた翠子さんは即座に謝る。

「おばあさまの指示なんだから仕方ないです。私はどこぞの馬の骨扱いだし」

未経験での産婦人科の診察は色々とショックを受けたけど、御子柴家としての考えも納得できるから仕方がないと思っている。

「お腹が空きましたよね。お昼を食べに行きましょう。若旦那さまとは二時に日本橋のデパートで待ち合わせをしています。食べたいものはありますか？」

「ファストフード店のハンバーガーが食べたいです。あ、でも、苦手なら別のものでも……」

上品な翠子さんが大きな口を開けてハンバーガーにかぶりつく姿が想像できない。

「いいえ。私もハンバーガーが食べたいです。ひとりの食事がなかなかないので、最近ご無沙汰だったんです」

「本当に？　翠子さん、ハンバーガー好き？」

「ええ。好きです。たしかこの最寄り駅にファストフード店があったと思います。行きましょう」

病院を出た私たちは駅に向かって歩き、十五分後、目的のファストフード店に到着した。

食べたかったチーズバーガーやポテトフライ、炭酸の入ったドリンクを購入して、二階のテーブル席に座る。

お昼時間を少し過ぎているせいか、店内で飲食している人は少ない。

「いただきます！」

さっそくチーズバーガーを頬張る。

美味しい。和食も嫌いではないけれど、ロスでのランチはほとんどハンバーガーだった。

「美味しい～、生き返る～。けど、こっちのドリンクのサイズは小さいなぁ」

「海外のお店は大きいですよね。以前、アメリカへ旅行したときに驚きました。飲みきれませんでした」

「私も飲みきれないけれど、あの大きさに慣れちゃったから、これは……」

ポテトフライをつまんで口に入れ、肩をすくめる。

「澪緒さま、私でよかったらなんでも聞いてくださいね」

私は食べる手を止めて、対面に座る翠子さんの方へ身を乗り出す。

「本当ですかっ？　ありがとうございます！」

「覚えることがたくさんありますから、お手伝いできればと思っています」

ロスに女友達はいるけれど、彼女たちには感じたことのない親しみを覚える。

「翠子さんがいてくれて心強いです」

「御子柴屋の若奥さまになるのは苦労すると思いますが、応援していますから」

「それなんですよね……」

ポテトを一本持ったまま、椅子の背に体を預けて重いため息を漏らす。

「大丈夫です。私よりも心強い味方がいるじゃないですか」

「心強い味方……？」

「若旦那さまですわ」

翠子さんはにっこり微笑む。

「そうは思えないけど」

「今朝のご様子もいつもと違っていましたし。毎朝、大奥さまの問いかけには返事をしますけれど、今日はご自分から進んで会話をしていらっしゃいました。澪緒さまが心配なのだと思います。それにお買い物までお付き合いしてくださるなんて」

にこっと笑った翠子さんはホットコーヒーをひと口飲んで続ける。

「澪緒さまは若旦那さまを好きになって、ご結婚する気になられたんですよね？」

本当は三カ月のお試し期間中で、結婚するかどうかもまだわからない。でも翠子さんはそれを知らないから、私が絢斗さんを好きになって婚約したと思っているのだろう。勝手なことは言えないから、そのことは口にせずに話を進めよう。

「好きになって……とは違うかと。理由は色々あるけれど、一番の理由は家族団欒が恋しくて」

「家族団欒……」

答えが意外だったようで、翠子さんはポカンとなる。

「ママが病気で亡くなって孤独を感じていたところへ、パパからあのパーティーの話が」

「そうだったんですね」

「あ、でも若旦那さまのビジュアルを気に入ったのはあります。好みでなかったら、ここまで来ていませんから」

「私は澪緒さまのはっきり言う性格が羨ましいです。そのようなところも若旦那さまのお気に召したのですわね。あ、早くいただかないと待ち合わせの時間に遅れてしまいますね」

まだ半分以上残っているチーズバーガーとポテトフライを翠子さんは急いで食べ始めた。


地下鉄で日本橋に戻り、翠子さんはデパートまで案内してくれる。

「若旦那さまは大抵外商でお買い物をされます」

「外商？」

「はい。特別な上顧客が売り場を通さずに買い物をすることです。自宅に商品を持ってきてもらって買うこともあります」

「デパートのＶＩＰみたいなものなのね」

翠子さんの説明に頷いたところで、エレベーターが到着を知らせた。

東館の四階でエレベーターを降りると、スーツ姿の四十代くらいの眼鏡をかけた男性が待っていた。

「いらっしゃいませ。お待ち申し上げておりました」

「多田《ただ》さん、いつもお世話になっております」

眼鏡の男性は翠子さんに向かって丁寧に頭を下げてから、私の方へ体を向ける。

「御子柴様の外商担当の多田と申します。どうぞよろしくお願いします」

「よろしくお願いします」

丁寧にお辞儀をされて、私も頭を下げる。

「若旦那さまがお待ちになっております。ご案内いたします」

「澪緒さま、私はここで。お店に戻りますので」

「ありがとうございました。翠子さん」

「はい。お店でお待ちしています。多田さん、よろしくお願いします」

翠子さんはやってきたエレベーターに乗り込んでいった。

私は多田さんの案内で進み、すりガラスの自動ドアの向こうへ。

そこは広いサロンのようになっていて、多田さんはさらに奥のスペースへと私を促すと、重厚な木のドアをノックしてから入室する。

その部屋では、絢斗さんが三人掛けのソファに座ってコーヒーを飲んでおり、私たちの姿に気づくとカップをソーサーに置いて立ち上がった。

ゆったりと優雅な和装姿は美しくて、心臓がトクンと鳴った。

Tシャツにジーンズの男性を見慣れているせいよ、と自分に言い聞かせる。

「どうぞ、若旦那さまのお隣におかけください。ただいま飲み物をお持ちいたします。なにがよろしいでしょうか？」

「え……っと、彼と同じもので」

「かしこまりました」

いつの間にかいた制服姿の女性に多田さんは頷き、彼女が出ていく。

「ご依頼のものを用意してまいります」

そう言って、多田さんも部屋を出ていった。

「病院は問題なかったか？」

「特には」

「で、昼メシはファストフード？」

「えっ？　翠子さんから聞いて？」

ズバリ当てられて、目を丸くして尋ねる私に、絢斗さんは真面目な顔で首を左右に振る。

「いや、油っぽい匂いがする」

私はカットソーの袖に鼻を近づけてクンクン嗅ぐ。

「あ……くさいですね。ごめんなさい。ハンバーガーが食べたくて」

「いや、俺も食べたかったな」

「本当に？　じゃあ、明日のお昼は？」

食べたかったというわりには無表情の彼に、顔を近づけてにっこり聞いてみる。

「連日でいいのか？」

「ノープロブレム。全然です」

「では明日の夜に。昼は着物に匂いをつけたくない」

「あ、でもおばあさまは？」

「それもノープロブレムだ」

そこへドアがノックされ、先ほどの女性がコーヒーを持ってきてくれた。絢斗さんにはお代わりを。

そして移動式のハンガーラックに掛けられたたくさんの服を多田さんが運んできた。

「お待たせいたしました」

ハンガーラックは他の店員も手伝い、五つにも及んでいる。ひとつのラックに二十着はありそうだ。

「シーン別にご用意させていただいております」

「澪緒、気に入ったのを選んで」

たかが一着だけのためにだけにおよそ百着も持ってくるなんて……。

あっけにとられていると、絢斗さんが立ち上がり、私に手を差し出す。

「見に行こう」

絢斗さんの手につかまり立ち上がると、ラックの前に連れていかれる。

どれも上質な素材のワンピースやスーツで、素敵なものばかりだ。これだけあると選べない。

「……選べないです」

「意外だな。自分で着たいものを選ぶかと思った」

「こんなにたくさんあるからいけないんです」

「じゃあ、俺が選ぼう」

絢斗さんはシンプルな生成りのワンピースを手に取り、多田さんに渡す。

それならおばあさまが気に入りそうだ。

ソファに戻ろうとすると、私の腕が引っ張られた。

「これと、これ。それも」

絢斗さんは私を引きとめ、次から次へとワンピースを手に取っていく。

多田さんは抱えきれなくなっている。

「ええっ？　絢斗さん、一着でいいのに」

「は？　御子柴屋の若奥さまが一着だけで済むと？」

「だって……そんなに必要ですか？」

「もちろん」

絢斗さんは私に選ばせることなく、次のラックからも数着を手にして多田さんに渡す。多田さんはアシスタントの女性にそれを手渡す流れ作業だ。

ソファに積まれた服は、いくらなんでも多すぎる。一生分ある気がする。

「若旦那さま、もういらないです。着る機会もないです」

そう言っているのに、絢斗さんはすべてのラックから数着選んでしまった。

ちらりと値札が見えたので、私がいつも買う服を日本円で換算してみると、ゼロがひとつやふたつ違うものばかりだ。

多田さんを見れば嬉しそうに顔をほころばせている。かなりの売上なのだろう。

「もうこれで。あ、これと、これと、これ、あと……これも私の好みじゃないので」

私はソファに置かれたワンピースを多田さんへ戻す。

好みじゃないと言ったけれど、絢斗さんのセンスはずば抜けていいと思った。けれど、こんなに必要じゃないからもったいない。

「澪緒、俺に恥をかかせるつもりか？」

「恥って……そうじゃなくて」

「多田さん、そちらの服もいただきますから。自宅の方へ届けてください」

「かしこまりました」

多田さんは丁寧に頭を下げ、絢斗さんが選んだ服をアシスタントの女性に渡し、持っていくように指示をしている。

「では、頼んだものをお願いします」

「そうでございました。すぐにお持ちいたします」

多田さんが部屋を出て、絢斗さんはソファに戻っていく。

「若旦那さま、いくらかかると思っているんですか？　ポンポン買っちゃって」

「破産はしないから気にしないでいい。座ってコーヒーを飲めよ」

私は顔をしかめて、絢斗さんの隣に腰を下ろしてコーヒーを口にした。

多田さんはすぐに戻ってきたが、別の男性を連れてきていた。

男性は私たちの前に立ち挨拶をすると、四角い箱をテーブルの上に置き、見えるように開ける。

箱が開かれた瞬間、私は息を呑んだ。

ずらりと並んだダイヤモンドの指輪の数々に。

「婚約指輪を選んでくれ。もしかしてこれも選べない？」

「絢斗さんは浪費家なんですか？」

つい名前で呼んでしまった。

「婚約者に贈るものを、浪費と言わない」

「……私が選びます」

本当に彼の妻になれるのか、ううん。私が御子柴屋の若奥さまとしてやっていけるのか、決まっていないのに複雑な心境だ。

私は均等に並べられたエンゲージリングへ視線を落とした。

どれも大きなダイヤばかりで呆れる。

この人たち、大きなダイヤを売りつけようとしているの？

エンゲージリングから目の前の男性ふたりへ目を向けてから、絢斗さんへ戻す。

「決まったか?」

「どれも私の好みの大きさじゃなくて。こんなに大きいとあちこち引っかかって不便じゃないかなと」

絢斗さんがエンゲージリングを見ようと身を乗り出す。そして、数秒ほど視線を走らせたのち、その中のひとつを手にした。

ラウンド型の大きなダイヤモンドの周りを小さなダイヤモンドが取り囲んだリングで、アームの部分にもダイヤモンドがあしらわれている。

「このリングにしよう」

それはその箱の中で一番ゴージャスなものだった。

「絢斗さんっ!」

「はめてみて」

彼は有無を言わさず、私の左手の薬指にはめてしまった。サイズは少し緩い。

「サイズ調整してください」

「若奥さま、失礼いたします」

宝石専門の男性が私の指からエンゲージリングを抜いて、代わりにサイズを測る金具を通す。

「今日中にサイズをお直しさせていただきます。お洋服と一緒にお持ちいたします」

「ありがとうございます。では、よろしくお願いします」

絢斗さんはソファから立ち上がり、まだ困惑している私の腕を引いて立たせる。

そして、にこやかな多田さんの見送りでデパートをあとにした。

この短時間で信じられないくらい売り上げをたたき出したのだから、担当者としては当然笑顔になるだろう。


デパートを出て、着物姿の絢斗さんはスタスタ歩いていく。

私が小走りにならないと追いつけない。

「若旦那さま、あんなにお金を使う必要はないのに」

ふいに絢斗さんが立ち止まる。

「普通なら喜ぶんじゃないのか？」

「喜ぶ？　それは綺麗な服やリングを買ってもらえるのは嬉しいけど、高いですもん。喜べないです」

「そうなのか？　おかしいな」

おかしいなって……?

絢斗さんは不思議そうな顔で私を見つめてから歩き出す。

「ちょ、ちょっと、絢斗さんっ」

「君が喜ぶ姿を見たいわけじゃない。もらっておけばいい」

彼は私を喜ばせようとしてお金を使ったわけじゃない……。つまり、御子柴屋の若奥さまとしての必要な道具を買っただけ。

時々見せる優しさに、好意で購入してくれたのだと思い込んでいた。違うとわかって、なんだか気持ちが沈む。

そこからは絢斗さんに話しかけることもなく、黙ったままついていく。

五分くらいして、近代的なビルの一階に彼が入っていくのを見て、慌ててあとに続いた。

入った途端、ディスプレイされた着物が目に飛び込んできて、ここが御子柴屋の店舗なのだとわかった。

すごい……。

入店して即座に思った。

いい匂いがして、それが絢斗さんからいつも香るものだとすぐに気づいた。

「おかえりなさいませ」

奥から、父より年上に見える着物姿の男性が現れて、絢斗さんに言葉をかける。

「澪緒、俺の右腕の直治常務だ」

「里中澪緒です。よろしくお願いします」

「小坂直治と申します。若奥さま、どうぞよろしくお願いいたします。わからないことはなんでもお聞きください」

「まだ若奥さまじゃ――」

訂正しようとする私を絢斗さんは遮る。

「店の者にはそう呼んでもらう。途中で変更すると混乱する者も出るだろう。さっそくだが、おばあさまの執務室へ案内する。そこで着付けを習うように」

絢斗さんはバックヤードへ私を連れていき、ブラウンの引き戸をノックした。

中から翠子さんが現れて私に微笑む。彼女は水色の着物に着替えていた。

「おつかれさまです。どうぞお入りください」

部屋に入ったのは私だけで、絢斗さんは立ち去る。

奥のデスクに座るおばあさまの姿に、あまり緊張しない私でも身が引きしまる。

室内は半分が段差のない畳で、残りの半分がデスクとソファセットが置かれたスペースになっていた。おばあさまのデスクの隣に、翠子さんの席もあった。

「澪緒さん、こちらへ来なさい」

おばあさまに促されて畳のスペースに向かう。

畳の隅に着物が数着積まれていて、草履を脱いで上がったおばあさまはその一番上にある着物を手にした。

「翠子さん、澪緒さんに肌着を渡して」

「はい。澪緒さん、こちらにいらしてください」

私はスニーカーを脱いで畳に上がる。

「私が着付けますから覚えてくださいね。お洋服を脱いで肌襦袢《はだじゅばん》を着てください。あと、先に足袋《たび》も」

翠子さんは私に背を向ける。

しゃがんで足袋を穿いてから、カットソーやジーンズを脱ぎ、先日振袖を着付けられたときのことを思い出しながら肌襦袢を着る。

「ウエストが細いんですよ。これを使いなさい。それから髪の毛が邪魔ね。翠子さん、髪留めはあるかしら？」

「はい。すぐに」

翠子さんは自分のデスクへ行き、黒ゴムを持って戻ってくる。私はざっと頭のてっぺんで結んで、髪をくるくる巻きつけた。

「手先は器用なのかしら？」

おばあさまにほんの少しだけ感心してもらえてホッとする。

「若奥さま、こちらをウエストに」

翠子さんが渡してくれた補整ベルトを巻いてから、長襦袢を身につけた。

そこでおばあさまが私の前に立ち、じろりと眺める。

「ここが緩んでいますよ」

おばあさまが手を伸ばし、私の胸元から腰にかけてビシッと長襦袢を正す。

「これは伊達締《だてじ》めよ」

幅のある帯のようなものを私のウエストに巻きつけて結び、それからピンク色の着物を渡される。

「綺麗なピンク色」

息が詰まりそうで言葉にした直後――。

「ピンク色ではありません。桃花色《ももはないろ》と言うのです。日本には古くから美しい和名が色につけられています。澪緒さんは色の呼び名を覚えなくてはなりませんね」

「はい。申し訳ありません」

色にそんな和名があるとは……。

「まったく、そんなことも知らないなんて」

「大奥さま、もうすぐ来客の時間になります」

翠子さんがおばあさまに知らせると、思い出したように草履に足を入れる。

「あとは頼みますね。翠子さん」

「かしこまりました」

上品に微笑みを浮かべた翠子さんはドアのところまで見送って戻ってきた。

「若奥さま、大奥さまのお言葉は気になさらないでくださいね」

「叱られるのも無理はないですから。勉強します」

「自宅に色見本の本があるのでお持ちしますね。では羽織ってください」

私は桃花色の着物に袖を通す。

「着物にもシーンによって種類があります」

「あ、昨日の本に載っていました。これは……小紋ですね？」

「そうです。お勉強されているのですね。まずは私が手本を見せますので、手順を覚えてくださいね。もちろん一度でとは言いません」

翠子さんは説明をしながら着付けてくれる。

「帯は振袖のような豪華な結びではなく、簡単なんですよ」

ベージュの縞模様の入った帯を結ぶのは意外と力がいるのかと思ったけれど、翠子さんはクリップを使い、さっさと仕上げていく。

たしか、おばあさまから渡された本に着付けの要点があったよね。帰ったら練習しよう。

今までの自分の生活にはなかったことを知ることができるのは楽しいと思った。

「帯は仕事の邪魔にならないように二重太鼓にしています。これでできあがりです」

「ありがとうございます」

等身大のスタンドミラーの前で回って、二重太鼓結びという帯の形を見て納得した。

振袖を着たときのような大きい形では動きづらい。これなら背もたれのある椅子に座っても邪魔にならなそうだ。

「ではもう一度着てみましょう。長襦袢まで脱いでくださいね」

私は帯を外し、言われた通りに長襦袢だけの姿になり、翠子さんに教えてもらいながら再び着物を着始めた。

おばあさまが戻ってきたとき、私は二回目の着付けを終えたところだった。

おばあさまは私の着物姿をちらりと見ただけでデスクへ行き、電話をかけ始める。

合格点をもらえたのかな。

その場に散らばったものを片づけていると、電話を終わらせたおばあさまが私を呼ぶ。

「澪緒さん、お客さまにお見せした反物が商談ルームにあるから、それを巻いて直治常務に戻す場所をお聞きなさい」

「はい」

「翠子さん、商談ルームへ案内して」

「かしこまりました。若奥さま、こちらの草履をお使いください」

クリーム色の草履を履いた私を、翠子さんは商談ルームへ連れていく。

商談ルームの大きなテーブルの上には所狭しと、反物が広げられていた。

「これをこうして巻いていきます」

翠子さんが巻いてみせたのを真似て、私もやってみる。しかし、翠子さんのようにうまく巻けない。

「それではダメですね」

翠子さんのダメ出しでもう一度やり直す。何度もやってようやく「まあ、これなら」とOKが出る。

「では、私は大奥さまのもとへ戻ります。なにかあったら直治常務に聞いてくださいね」

「はい。翠子さん、ありがとうございました」

翠子さんが出ていって、私は反物を手に取り、巻き始めた。

しばらくすると、ドア口に誰かが立ったのがわかった。顔を向けると、絢斗さんだった。

「反巻きをやれと、おばあさまが？」

絢斗さんは中へ入ってきて、私の手元を見る。

「はい」

「反巻きはまだ早い。どれもこれでは戻せない。見ていろ」

絢斗さんは私が巻いた反物を広げてから指と腕をうまく使ってくるくると巻きつけていく。その動作は乱れもなく素早く美しい。あっという間に巻き終えてしまった。

「ちょっと待ってろ」

彼は私をその場に残して出ていくと、一本の反物を持って戻ってきた。

「これで練習をするといい。汚れてもかまわない。これの数え方は一反《いったん》、二反《にたん》だ」

「一反、二反。わかりました」

忘れないよう言葉にして、差し出された反物を受け取る。

絢斗さんはまだ十反ほどあった反巻きをあっという間に終わらせてしまった。

彼が反物を抱えたとき、おばあさまが現れた。その顔は怒りをこらえているといった表情だ。うしろに当惑している翠子さんもいる。

「まあ！　絢斗さんがやったのかしら？」

「おばあさま、反巻きは彼女には早すぎます。直治常務がやり直すことになり、労力の無駄になりますよ。練習をさせてからにします」

絢斗さんの言葉に、おばあさまは言葉を詰まらせる。

「おつかれさまでした。翠子もおつかれさま」

「……お先に失礼しますよ」

孫ににっこり笑みを向けられ、気を取り直した様子のおばあさまに、私は安堵する。

「若旦那さま、若奥さま、おつかれさまでございました。若奥さま、こちらに着ていた服を入れておきました」

翠子さんが隅に紙袋を置いて頭を下げる。

「ありがとうございます」

ふたりの姿が見えなくなり、私はひそめていた息を吐き出した。

「店は十時開店、夜の八時に閉店だが、おばあさまと翠子は五時で上がる」

翠子さんは朝食も一緒にとっていて朝も早いから、いつ上がるんだろうと思っていたので納得して頷く。

「私は何時まで……？」

「六時までだが、そのときによるかもな。今日は七時に上がる。それまでここで反巻きの練習をしているように。──直治常務」

ちょうど通りかかった直治常務を呼び、残りの反物を持たせて絢斗さんは商談ルームから出ていった。

「んー、疲れた……」

着物を着ているせいか、いつもより疲れを感じる。

「でも慣れ……だよね」

椅子に座りたい気持ちを抑えて、彼から渡された反物で練習を始めた。

その後も納得のいく反巻きはできず、手も痛くなってきた。そこへ絢斗さんが「帰ろう」と迎えに来る。

練習用に渡された反物と紙袋を持って商談ルームを出る。

直治常務や従業員たちに、「おつかれさまでした」と見送られてお店をあとにした。

五分くらいで御子柴家に到着したが、その間絢斗さんは口を開かず、疲れきっている私も話しかけなかった。

玄関で江古田さんに出迎えられる。

「若旦那さま、若奥さま、おかえりなさいませ。ご指示通りに衣裳部屋に運んでおります」

「ありがとう。濡緒、おいで」

絢斗さんは玄関から直接二階へと向かい、私はそのあとをついていく。

階段を上がって廊下を進み、私が泊まった部屋を通り過ぎ、突き当たりのドアを彼は開けた。

そこには年代物だとわかるチェストや、価値のありそうな洋服ダンスが並んでいた。いわゆるウォークインクローゼットのようだ。

「購入したものはここにある」

彩人さんは洋服ダンスのひとつを開けた。そこにずらりとワンピースやスーツが掛けられていた。

「あ……」

デパートで買ってもらったことをすっかり忘れていた。

「絢斗さん、ありがとうございました」

「おばあさまの血圧を上げないためだ。夕食は着物のままで。行こう」

彼は無表情で衣裳部屋から出ていく。

一階の洗面所で手を洗い、ダイニングルームへ行くとふたり分のカトラリーが用意されていた。

「おばあさまは……？」

椅子に腰を下ろしながら、先に席に着いた絢斗さんに尋ねる。

「おばあさまの夕食の時間はまちまちで、今日はお腹が空いていたようだ」

そう言われても、私と顔を合わせたくないのかもと思ってしまう。

「食べよう」

テーブルには食べきれないほどの料理が並んでいる。

「いただきます」

両手を合わせて「いただきます」とお箸を持つ。

豚肉の生姜《しょうが》焼きや煮物、お刺身と、おかずのバリエーションが多い。

お昼はチーズバーガーとポテトフライだけだったので、お腹は空いているものの、着物だと入っていかない。

なんとか食べ終えて、「ごちそうさまでした」と立ち上がる。

「澪緒、その着付け、点数をつけると二十点だ」

「え？」

自分を見下ろして、少し緩んでいるもののこれがそんな点数なの？と目を剥く。

「どこがダメなんですか？」

絢斗さんは食後に出されたお茶をひと口飲んで、静かに私へ視線を向ける。

「襟、合わせ、帯、帯どめ、丈、挙げればキリがない」

「はい、はい。完璧に着られるよう精進します」

ふてくされ気味でため息をつく。

すると、絢斗さんから笑いを押し殺した声が聞こえる。

「時々、知りそうもない日本語を使うんだな」

「ママが使った言葉はだいたい覚えていますから」

「頑張って精進してくれ。先に風呂に入るといい」

「はいっ」

疲れた体をお風呂でほぐしたい。

私はキッチンにいる芳子さんに「ごちそうさまでした」と告げて、二階の部屋へと向かう。

しかしドアを開けた瞬間、目に飛び込んできたものに驚いて、思わずバタンとドアを閉める。

「ええっ？　ここは私の部屋だよね？」

閉めたドアを前に、きょろきょろと辺りを見回す。

「間違いないわ。私の部屋よ」

ドアを再度開けて入室し、驚いたものに近づく。部屋の壁際に置かれていたのはベッドだった。

まさか用意してくれるとは思っていなかったから、めちゃくちゃ嬉しい。

セミダブル仕様で、この畳の部屋に似つかわしくない、お姫さまみたいな白いベッドだった。

絢斗さんを捜しに隣のリビングへ行くが、まだ下から戻っていない。

階下へ向かおうとしたとき、絢斗さんが入ってきた。

「絢斗さんっ！」

駆け寄っていつも友人にやるように彼に抱きつく。

「ベッドありがとう！　すっごく嬉しい！」

抱きついた絢斗さんから「クックッ」と、喉の奥から笑う声が聞こえた。

「そんなに喜んでもらえるとはな。服や指輪よりもな」

絢斗さんから離れて顔を見上げると、途端に抱きついた行動が恥ずかしくなる。

「ベッドは思いがけなくて。色々ありがとうございました」

なんだか頬が熱い。

そんな自分を気にしないようにしてペコッと頭を下げる。

「そうだ。婚約指輪を渡しておこう」

彼はリビングのテーブルに置かれたショッパーバッグを取ろうとした。

「あの、リングは預かっておいてください」

「俺が預かる？」

振り返った彼は不思議そうな顔つきだ。

「はい。今日着物を着たり、反物を巻いたりしてみて、リングが引っかかる気がしたんです。知っての通り下手なので」

「たしかに下手だな。わかった。それなら部屋に置いておけばいいんじゃないか?」

「それはそれで心配なので。そのリングはものすごく高いんですから。ではお風呂に行ってきます」

先ほど抱きついたせいなのか、心臓がドキドキしていて、そのことを忘れようと大きく頭を左右に振って、リビングを離れた。

恋に落ちる瞬間

翌日から、御子柴屋の若奥さまとしての本格的な修業が始まった。

御子柴屋の店舗へ着いたのは八時半。朝礼には絢斗さんとおばあさまはおらず、直治常務が従業員の島谷さんと香川《かがわ》さんに私を紹介してくれる。

ふたりとも二十代後半のきっちりとした真面目な雰囲気の女性だ。

本店の販売員はまだ数人いるが、出社時間はシフト制とのこと。二階に事務室があり、そこで働く従業員が十人ほどいるらしい。

開店前に、三人で一階のフロアと外の掃除をするようだ。

「私はどこを掃除すればいいでしょうか？」

ふたりに尋ねると、外をほうきで掃いて窓を拭いてほしいと言われる。

ミントグリーンのワンピースの上に、裾に御子柴屋のロゴの入ったクリーム色のエプロンをつけ、掃除道具を手に外へ出た。

街路樹の枯葉がほんの少し落ちているだけでさほど汚れていない。

日本の十月中旬は肌寒くて、ロスの気候が懐かしくなる。

とりあえず三カ月、絢斗さんの婚約者として過ごすことに決めたけれど、私に御子柴屋の若奥さまが務まるのか考えてしまう……。

どうであれ、まずはおばあさまに小言を言われないようにしなくちゃね。

今朝は絢斗さんが買ってくれた着心地のいいワンピースで朝食の席に着いたら、おばあさまはちらりと私を見ただけでなにも言わなかった。孫の嫁が気に入らないからといって、あら探しをしてまで文句を言う人ではなさそうだ。

「ふぅ〜」

ほうきを持つ手が痛んだ。昨晩寝る前に反巻きと着付けの練習を一時間ずつしたせいだ。寝たのは一時を過ぎていた。ベッドは快適だったけど、まだ眠くてあくびが出てきそうだ。

店の前を掃き終え、次は窓拭きだ。

店舗の外壁はブラウンの木材がメインで、窓はディスプレイ用のスペースだけなので、それほど大変そうではない。

窓ふき用の洗剤の入ったスプレーボトルを持ちながら拭き始めた。

三十分後、掃除を終わらせて店内に戻り手を洗っていると、島谷さんに声をかけられる。

「若奥さま、着物に着替えましょう」

島谷さんが、畳のスペースに案内してくれ、可動式扉を閉める。

彼女たちは手際よく着物を身につけていく。

私も練習した通りに袖を通す。

「大奥さまが、若奥さまは着付けができないとおっしゃっていましたが、もう覚えられたのですか？」

薄緑色の小紋を着た香川さんが目を丸くしている。

「若旦那さまには二十点と言われましたが、なんとか」

「二十点？　そんなことないです。ねえ？　島谷さん」

「ええ。上手だと思います。無地の紬がよく似合っています」

「無地の紬？」

今朝、絢斗さんから渡されたのは、昨日のよりも少し濃いめの牡丹《ぼたん》色の着物だ。

「はい。私たちのこの着物よりも少し改まった装いになります」

「着物の種類もまだ勉強不足なのですみません。これからも色々教えてください」

「ええ。ここを片付けて掃除機をかけたら開店まで休憩になります」

説明をしながら香川さんの顎までのボブヘアが揺れる。島谷さんは自分でシニヨンにしているようだ。

私は昨日のように頭のてっぺんで結んでいるが、結うには長すぎて大変だ。しばらく髪のモデルの仕事はないし、切ってもいいかも。

「あの、お店に漂う香りはなんでしょうか?」

お店だけじゃなくて、絢斗さんからも。

「香り……ああ、白檀《びゃくだん》です。店内に香木もインテリアとして置かれています。お嫌いな匂いでしょうか?」

「い、いいえ。好きです」

白檀って言うんだ。いい匂い。心が安らぐ匂いだわ。

「では少し休憩をいたしましょう」

ふたりは自分たちが脱いだ服を片付け始めた。

それから、給湯室の横にある休憩所でお茶を飲んでいると、直治専務が私を呼びに来た。

「社長がお呼びでございます」

「わかりました」

社長室がどこにあるのかわからない私を、直治専務はドアの前まで案内してくれてから去っていった。

ドアをノックしてすぐ中から「どうぞ」と絢斗さんの低めの声が聞こえてくる。

入室する私を、デスクの横に立っていた絢斗さんが迎えてくれた。

今日の着物はグレーで、落ち着いた彼の雰囲気に合っている。帯は夜の闇のような暗い色。

「これを」

絢斗さんは持っていた長方形の箱の蓋《ふた》を開けて中のものを取り出す。

「髪飾り……？」

「かんざしだ。バチ型のべっ甲と螺鈿《らでん》でできている」

べっ甲にはパールも装飾されていた。

彼は私の前に立つ。それがものすごく近くて、絢斗さんから漂ってくる白檀の香りを思いっきり吸い込んでしまう。思わず後ずさるも、彼の手が伸びてきて、肩を引き寄せられた。

「離れるな」

昨日は無意識に抱きつけたのに、今は近づくことがとても恥ずかしい。白檀の香りにドキドキさせられてしまうからだ。

若干俯いて、絢斗さんが私の髪にかんざしを挿し終えるのを待つ。

「これでいい。着物もかんざしもよく似合っている」

絢斗さんが二歩ほど離れ、ホッと胸をなでおろす。

「……ありがとうございました」

褒められて赤面してしまいそうだ。照れ隠しに社長室の大きな鏡に自分を映して、髪飾りがよく見えるように顔をあちこち向ける。

とても美しいかんざしだ。

鏡に映るかんざしを見ていたらふと、絢斗さんの涼しげな眼差しとぶつかり、鼓動が大きく弾んだ。

「漆黒《しっこく》のように美しい髪だからべっ甲のかんざしが映えるな。それを取り寄せて正解だった」

「取り寄せたんですかっ？　若旦那さま、もう買わないでください」

「言っただろう？　御子柴屋の若奥さまがきちんとした身なりをしていなければ、笑いものになると」

「……でした」

絢斗さんにとって私は御子柴屋の若奥さまとして体裁を保つためにいるのだ。

「今日の着付けは五十点だな」

「えっ？　五十点？　島谷さんと香川さんは褒めてくれたのに」

「おはしょりが歪みすぎだし、帯も緩いな。これでは夜までもたない」

「ううっ……」

つい子供みたいに頬を膨らませると、指先で押される。

「ふてくされるな。上達は早い方だ。開店前におばあさまに挨拶をしてきて」

褒められて顔が緩んでくる。

「はい。そうします」

社長室を出ていこうとしたら、背後から呼び止められて振り返る。

「今日は六時に上がる。ハンバーガーを食べに行くんだろう？」

「あ、はいっ！」

絢斗さんとの約束を思い出して得した気分になる。

にっこり笑顔を向けてから社長室をあとにし、その足でおばあさまの執務室へ向かう。

もうすぐ開店の十時になる。

ドアは開いていて、顔を覗かせると翠子さんが小さく微笑みを浮かべる。

私は軽くドアをノックした。

「澪緒さん、お入りなさい」

「失礼します」

おばあさまは私の頭からつま先まで鋭い視線を走らせて頷く。

「まあまあだわね。今日も午前中は反巻きの練習をしなさい。午後は着物に関する知識を詰め込むのですよ」

「わかりました」

「若奥さま、こちらが色見本の本です」

「翠子さん、ありがとうございます」

本を受け取り、おばあさまの執務室を離れ、更衣室のロッカーに入れた反物を持って商談ルームへ向かった。

その夜、絢斗さんは店から歩いて十分ほどの路地にあるハンバーガーショップに案内してくれた。チェーン店ではなく、個人経営の二十席ほどの小さな店だ。

店内は清潔で、ファストフード店のように服にしみつきそうな匂いはしない。

食事をしているのはスーツを着た男性が数人で、私たちは四人掛けのテーブル席に着いた。

「ファストフード店かと思ったわ」

「まさか」

絢斗さんは椅子の背に体を預けて口元を緩ませる。

彼は、上質な濃い緑色のニットとビンテージもののジーンズに着替えていた。着物姿も素敵だけど、そんなカジュアルな服装は彼のモデル張りのスタイルのよさを際立てている。

モテるはずなのに……。

あんな形で結婚相手を見つける人じゃないと改めて疑念が浮かぶ。

過去になにかあったとか……？

「なににする？　ここは分厚いパテが名物なんだ」

彼にメニュー表を見せられ、ハッとなる。

「美味しそうだわ。どれにしよう……」

メニューはかなりの種類があり迷う。

周りのお客さんを見れば、皆、大きな口を開けてハンバーガーにかぶりついている。

メニューに視線を戻してすぐ、カリフォルニア・バーガーの写真が目に入った。

「これに」

「美味しそうだな。俺もそれにしよう」

絢斗さんが軽く手を挙げると、若い女の子の店員が即座にやってくる。店が空いているせいもあるけど、彼の人を引きつけるオーラもあるのだろう。

オーダーを済ませてから十分ほどでハンバーガーが運ばれてきた。飲み物やポテトフライ、グリーンサラダもついている。ファストフード店よりも満足度が高そうだ。

「いただきます」

私は両手でハンバーガーを持ち、できる限り大きく口を開いてパクッと食べる。

アボカドとチーズ、分厚いパテが口の中に入り、ゆっくり咀嚼《そしゃく》する。素材はもちろん、ピリッと辛いソースも美味しくて、頻繁に通いたいと思うほどだ。

「翠子さんはここを知ってる?」

「さあ?」

絢斗さんは私の質問に首を傾げる。

今度ここに案内しよう。

「翠子とはうまくいってるのか?」

「はい。翠子さんは優しくて素敵な人ですね。翠子さんを妻にしたらいいのではないかと思うんですけど」

「彼女は妹みたいな感覚だ。妹とはセックスできないだろう?」

炭酸のドリンクを飲んでいた私は噴き出しそうになり、こらえた拍子に気管に入って咳《せ》き込む。

「ゴホゴホッ……」

「大丈夫か?」

テーブルの隅に置かれた紙ナプキンを私に渡しながらも、絢斗さんの顔は楽しそうだ。

「顔が真っ赤なのは咳き込んだだけじゃないよな」

紙ナプキンで口元を拭きながら、気持ちを落ち着ける。

「んんんっ! そんな話、こんなところでしないでくださいっ」

すぐ近くに人がいないことも彼には計算済みのような気がする。

「君にははっきりわかりやすい言葉にしようと気を使っているんだぞ? 抱けないだろうと言っても、ハグのようなものだと勘違いされるだろうしな」

「たしかにその意味にとっちゃいますけど……」

今までは避けてきたことだけど、彼とそうなる場面を想像して、それが嫌じゃなかった。

「……私ならいいの？」

「クッ、澪緒のはっきりしたところが好きだ。もちろん。そうでなければ君を妻にとは思わない」

「ねえ？　過去に苦い恋の経験でもした……？」

「苦くはないが、澪緒は男を信じられないと言っただろう？　俺もそんなところだ。ほら、冷めるぞ」

そう言われて、ポテトフライをケチャップにつけて口に入れる。

「借金だが、早く返した方がよくないか？」

「う……ん、でもまだ。ほら、病院の検査結果も出ていないし。もしかしたら子供ができないかもしれないし」

借金を払ってもらったら完全に彼の妻になる。私としてはまだ彼を知ってから決めたいと思っている。

「ふ～ん。なんだか逃げたそうな感じだな」

「ええっ？ そんなことは思っていない。働くのは全然かまわないし」

「それなら俺が原因？　男を信じられないと言っていたよな？」

「う……ん」

私は母が恋人に騙され全財産を失ったことをかいつまんで話した。

「……だから、男の人は信じられないけど……、絢斗さんは私の中でちょっと違う存在になっている。少なくともあなたはお金の面で私を騙していない。それどころかあり得ないほどの大金を使ってくれているから。ベッドも用意してくれたし」

「苦労したんだな。俺はできる限り正直でありたいと思っている。もちろん人を騙すようなことはしない」

「ん……」

母の話をしたことで、当時の大変さを思い出して気持ちが重苦しくなってしまった。

「身上書には土産物店で働いていたとあったが、カリフォルニアの有名な大学を卒業しているよな？」

私、偽っていると疑われている？

「ちゃんと出ていますよ。私、女優志望だったんです。幼い頃、ママの仕事の関係でモデルの仕事をしていて。エキストラしかできない女優でしたけど、髪のモデルもしていたんです」

絢斗さんはポカンと口を開けて驚いており、少し気分が晴れた私はしてやったりと笑顔になる。

「驚いたな。女優とは……」

「ハリウッド通りの土産物店でアルバイトしていたんです。時々、ハリウッドスターを見かけるの。といってもボディガードやパパラッチに囲まれていて、スターの姿はあまり見られなかったけど」

ふと懐かしさが蘇《よみがえ》るが、あの頃よりも今こうして絢斗さんと会話をしていることが楽しいと思える。

「向こうに未練はないのか？　仕事や友人も含めて」

「ここへ来なければ、モデルや女優はきっぱり諦めて、近いうちに就職先を探していたと思う。友人は……たしかに仲がよかった女友達もいるけど、連絡したい子はひとりしかいないわ」

彼女——ミラだけは私の生活が変わっても変わらなかった。ミラはタンゴダンサーで、現在アルゼンチンで勉強している。なので私が日本へ来ていることを知らない。

気づけばここに一時間以上いて、自分のことばかり話をしていた。

「そろそろ出ようか」

絢斗さんの合図で私は椅子から腰を上げた。

ハンバーガーショップを出ると、絢斗さんは腕時計へ視線を落とし時間を確認する。

「澪緒、アルコールは？」

「まああ飲めます」

「じゃあ少し付き合ってくれ」

絢斗さんは大通りに出て、近くの高級ホテルのバーへ連れていった。三十八階にあるおしゃれなバーだ。

絢斗さんは常連のようで、年配の男性スタッフがにこやかに挨拶をして席へ案内する。

眺めのいい大きな窓際のソファ席に座り、メニュー表を見て目が飛び出そうなほど驚いた。

「カクテルが一杯五千円っ⁉」

「それくらいで驚くな。君は御子柴屋の若奥さまになるんだからな。どんなのが好きなんだ？」

「じゃ、じゃあこれで」

絢斗さんがいいと言うのならと、五千円するカクテルを指した。

男性スタッフに絢斗さんがオーダーし、彼が去っていくと私は口を開く。

「御子柴屋がかなり古い――」

「老舗」

「そう、その老舗なんだとわかるけれど、頻繁にお客さまが来るわけじゃないし、従業員も結構いるし、あなたはたくさんお金を使っているし、経営は大丈夫なんですか？」

次の瞬間、絢斗さんは笑いをこらえきれなくなったように拳を口元に当て、笑い始めた。

「クッ、一億円を心配しているのか？」

「そんなんじゃなくてっ、お金遣いの荒いあなたを心配しているんです」

「なかなか堅実だな」

そこへカクテルグラスに入った綺麗なエメラルド色のカクテルが目の前に置かれた。

絢斗さんの前には丸い氷と琥珀《こはく》色のバーボンのグラスが。

私のカクテルからほんのり花とアールグレイティーの香りがする。メニューを見たところ、コニャックとホワイトラムが入っているので度数はかなりのものだろう。

「心配はいらないとだけ言っておこう。これでも年商はよその呉服屋に比べてもトップクラスだ」

自信ありげな表情に、ホッと胸をなでおろす。

「それなら安心です。いただきます」

カクテルグラスを持って口に運ぶ。

んーっ、きつい。

ひと口飲んだだけで、胃に流れるまでの食道が熱くなる。

しばらく東京の夜景を楽しんだり、二杯目のカクテルを飲んだりして、絢斗さんと何気ない会話を楽しんだ。

「絢斗さん、もう帰らないと」

時刻は二十三時近い。久しぶりにくつろげる時間だったけれど、明日の仕事を考えると、腰を上げなければならない。

「言っていなかったか？　明日は定休日だ。つまり休み」

「え？　お休み？」

「そう。俺は日帰りで京都の工房へ行ってくる」

「京都へ？　私も――」

「残念ながら、おばあさまが茶道と華道のレッスンを入れている」

遮られて聞かされた言葉に私の肩がガクッと下がる。

「そんな……」

「京都はまたの機会に連れていく。今回は若奥さまとしてのレッスンを頑張ってくれ」

「ふぅ〜。仕方がないわ。知らないことを学べるのは楽しいしね」

「ポジティブだな」

「色々な経験をした方がいいというのがママの口癖だったの。じゃあ、帰りましょう」

私はソファから立ち上がった。


アルコールが入ったせいか、一緒にいる絢斗さんのせいか、私は上機嫌で家に戻ってきた。

しーんと静まり返る家の中へ入り、二階へ上がる。私のうしろから絢斗さんがついてくる。

踊り場に到着した私は今日のお礼を言おうと振り返った。思いのほか勢いがついて絢斗さんにぶつかりそうになる。

「きゃっ」

ぐらっと体が揺れたところを彼の手が腕を支えてくれた。

「ありがとう」

とっさに英語が出る。

「どういたしまして」

絢斗さんからの返事は綺麗な発音の英語だ。この前も流暢に話したのを思い出す。

「そういえば、どこで習ったの？」

「高校のとき、一年間ロンドンの学校に留学をしたんだ」

「だから綺麗なのね。でも一年間だけの留学で流暢に話せるなんてすごいわ。若旦那さま、今日はごちそうさまでした」

にっこり笑って頭を下げる。

「さっきまで絢斗さんだったのに、急に変えるんだな」

「だって、家に帰ってきちゃったから。おばあさまに聞かれたら大目玉食らっちゃう」

そう言うと、彼は口元を緩ませる。

「それは誰から教わったんだ？」

「えっと、大目玉食らっちゃう？」

「そう」

絢斗さんはコクッと頷く。

「女性スタッフに。彼女たち色々教えてくれるので助かるの」

「なるほど」

「でも、実のところ、若旦那さまと絢斗さんの呼び方は戸惑ってしまって」

「俺とふたりのときは名前でいい」

「それはケースバイケースで」

「抱いているときに若旦那さまはやめろよ。なんのプレイだ？と萎《な》える」

絢斗さんの言っていることが理解不能で首を傾げる。

「抱きつきながら若旦那さまがいけないの……？」

私は手を伸ばして彼にハグをし、にっこり笑いながら「若旦那さま」と口にした。

「それは抱きついているだけだ。俺が言っているのはセックスのことだ。どれだけ無邪気なんだ？」

彼の瞳が熱を帯びたように見えた。

絢斗さんの腕が私の腰に回り、ポカンとなっている私に美麗な顔が落ちてくる。

「んんっ……」

彼の唇が私の唇に重なった。

私は驚きで目を大きく見開いたが、絢斗さんの唇は私の上唇や下唇を啄《ついば》んで、容赦なく唇をこじ開け、舌を侵入させた。

ティーンエイジャーの頃、少しだけ付き合ったクラスメイトの男の子とキスの経験はあったけれど、こんなキスはしたことがない。初心者の私なのに、絢斗さんのキスに夢中になってしまう。

キスは甘い余韻を残して終わった。

「俺たちの相性はよさそうだな」

英語で語られ、たった今のキスでぼーっとなっていた私はハッとなる。

「っ、……かもしれない。お、おやすみなさいっ！」

心臓がバクバク暴れ始め、彼の顔が見られない。絢斗さんから離れて部屋に向かう。

「先に風呂に入れよ」

いつになく楽しそうな声が聞こえ、自室のドアの前でビクッと肩が跳ねた。

「は、はいっ」

急いで室内に入り、乱れた呼吸を整える。

体の中が疼《うず》くような感覚に襲われているが気にしないようにして、お風呂のための着替えをチェストから出した。

翌朝、昨晩のキスにどんな顔をすればいいのか困惑していたけれど、朝食の席にはおばあさまもいるので、いつも通りにしなければと気を引きしめる。

今日は定休日なので翠子さんはいない。

「澪緒さん、十時から華道の練習ですからね。お着物に着替えて和室にいらっしゃい」

「はい」

おばあさまの言葉を待っていた私は、慌てることなく落ち着いて返事ができた。

だけど――。

「澪緒」

ふいに絢斗さんが私を呼び、ビクッと肩を跳ねさせてしまった。

「は、はい」

昨晩のキスからドキドキが止まらないでいる。

「しっかりおばあさまから学んでくれ。おばあさま、澪緒をよろしくお願いします」

彼は私が意識しているのがわかっているのか、こちらへ向ける目が楽しんでいるように見える。

私が絢斗さんにドキドキしている理由は他にもある。今日の彼は濃紺のスーツ姿で、ジャケットの下にベストまで着ているのだ。めちゃくちゃクールだ。

「では行ってきます」

絢斗さんは朝食の席を立った。

「澪緒さん、門までお見送りをしなさい」

「はい」

おばあさまに言われて、私は絢斗さんのあとを追い、玄関で追いついた。

彼は江古田さんから長い靴べらを受け取り、ピカピカに磨かれた革靴に足を入れると、敷居をまたいだ。

私はサンダルをつっかけて、絢斗さんのうしろを歩く。

うしろ姿までかっこいいんですけど……。

こんなに男性を意識したことなんて今までなかったな。

門の手前で絢斗さんは立ち止まり振り返る。

「元気がないように見えるが？」

「そ、そんなことないわ」

首を左右に振って笑う。

「澪緒、行ってくる」

「行ってらっしゃい、ませ」

見送りの挨拶は『行ってらっしゃい』じゃなく『行ってらっしゃいませ』と言うようにとおばあさまに注意されるけれど、なかなか自然と口にできない。

彼は口元を緩ませ、私の額に手を置いた。

え……？

次の瞬間、唇が塞がれていた。そして私の唇を食《は》んだあと離れる。

「そんなに驚くなよ」

「だって……」

「澪緒の育った環境ではこうじゃないのか？　じゃあ、戻りは夜になる」

絢斗さんは私の頭にポンポンと軽く手を置いて、門扉を開けて出ていった。外に黒塗りの車が見えた。

またキスするなんて……。

ロスではこんな風景は見慣れていたけれど……これではまるで夫婦みたいだ。

「――緒さん？　澪緒さん、聞いていますか？」

おばあさまの声でハッとなる。

そうだ。今はおばあさまに華道を習っているところだった。

今朝の見送りのシーンが頭から離れなくて、つい意識を飛ばしてしまった。

「申し訳ありません。若旦那さまが無事に京都に着いたか考えてしまいました」

対面にいるおばあさまは花鋏《はなばさみ》をテーブルの上に置いて厳しい目で私を見遣る。

「絢斗さんがいくら素敵でも、今はお稽古の最中ですよ。もっとこちらに集中しなさい。うつつを抜かしてはなりません」

うつつを抜かす……？

意味がわからなくても、私が集中しなかったから怒っているのはわかる。

「はい。申し訳ありません」

もう一度謝り、おばあさまの気分が戻るのを待つ。

おばあさまは大きくため息を漏らし、花鋏を手にした。

「考え事などせず、こちらに集中なさい。楓《かえで》を主枝として形を決めます」

私とおばあさまの前には平たい丸い花器がある。そこにおばあさまはまだ綺麗な緑の葉をつけた枝を挿した。続いて、紫色のリンドウとピンクや白のカーネーションを挿し、最後に剣山が見えないように葉や花で根締《ねじめ》をして終わる。

正座に慣れていないので、足が痺《しび》れ始めておばあさまにわからないように足をもじもじ動かす。

「澪緒さん、やってみなさい」

「はい」

痺れを気にしないようにして、楓の枝を手にして好みの長さで枝を切る。

「それでは長いですよ。バランスを考えませんと」

「はい」

今の私には「はい」しか言えない。余計なことを言っておばあさまの機嫌を損ねたくないから。

おばあさまはすっくと立ち上がり、私のもとへやってくる。

足、痺れていないの？

スタスタ歩くおばあさまに引き換え、私はといえば少し足を動かしただけでジンジン痺れている。正座なんて日本に来て初めてしたから、最初は自分の足が大けがをしてしまったのかと思った。

「角度が悪いわね。もう一度やり直しなさい」

せっかく活けた枝や花をサクサクと抜いていく。

「ああっ」

「一度で完璧にできると思うのですか？」

鋭い視線でギロッとにらみを利かされ、私は肩を落とす。

「私は少し席を外しますから、その間にやっておきなさい」

おばあさまは襖を開けて出ていった。

「頑張ります」

「はぁ〜〜っ、足っ、足っ」

着物が皺にならないように気をつけて足を伸ばして揉《も》みほぐす。

「うぅーっ、痛い痛い」

正座が難なくこなせるときなんて来そうもない。

痺れと戦っている間もいつおばあさまが戻ってくるかもしれないと、楓の枝を手にして少しだけ切り、剣山に挿す。

すべて挿し終え、痺れもだいぶ治まり再び正座をしたとき、おばあさまが戻ってきた。

「……まあ、いいでしょう。こんな簡単な教材はできて当然です。用事ができたので、お稽古はこれで終わりにいたしましょう」

今日はこれで終わり。

嫌みは右から左に流れ、顔がニヤけそうになるのを必死にこらえて、「ありがとうございました」と頭を下げた。

するとおばあさまは目をつり上げて私の横に正座する。

また気に障ることをしちゃった……？

「澪緒さん、こちらをお向きなさい」

「は、はい」

座布団の上でおばあさまの方へ向きを変える。

「こういったときは指を畳について、こうして頭を下げるのですよ。まったく、一から教えなければできないなんて」

呆れた口調のおばあさまに口答えすることなく、私は言われた通りに畳に指をつけ、「申し訳ありません。ありがとうございました」と頭を下げた。

「いちいち言われないようになさい。活けた花は玄関と二階のリビングに飾っておいて」

「はい」

私の返事を聞くと、おばあさまは和室を出ていった。パタンと襖が閉まる。

「これで今日は終わり～」

畳の上に大の字になって伸びをする。

おばあさまの態度には正直へこむ。能天気でいないとくよくよ考え込んでしまいそうだし、歯向かってさらに嫌な気分にさせてしまうのも私にとって最善ではない。だけど新しいことを学べるのは楽しいから、ここに来てからの生活は毎日が充実している。早くおばあさまに満足してもらえるようになりたいとさえ思っている。

「後片付けをしなきゃ」

体を起こして、おばあさまの指示通り、玄関におばあさまが活けた花器を置き、自分で活けた花を二階のリビングへ持っていく。

二階のリビングも広く、和風のチェストや黒い一枚板で作られたローテーブル、フレームが木材のL字形のソファなど、落ち着いた和モダンのインテリアでまとめられている。大きなテレビとオーディオセットは特注したのだろうか、部屋の雰囲気に合っていた。けれど、最初の印象通り、どことなく殺風景な感じがする。

「どこに置こう」

丸い花器を両手で持って飾れるスペースを探し、窓の前にある腰丈のチェストの上に置いた。

初めて生け花というものをしたが、買ってきて無造作に花瓶に挿すよりも、こうして形を整えた方が花が生き生きとしている気がする。

「さてと、今日はフリーになったから着替えよう」

今日は勿忘草《わすれなぐさ》色の淡いブルーの小紋を着ていた。帯はシンプルな象牙《ぞうげ》色。

絢斗さんからは七枚ほどの着物や帯などを渡されており、日替わりで着ていた。

白と黒の細かいチェック柄のAラインワンピースに着替えると、解放感で気持ちが弾む。

そこにベッドの枕元に放置していたスマホが着信を知らせる。

パパ……。

私が御子柴家に来てからまだ一週間も経っていないけれど、何度か電話が入っていた。父に腹を立てていたのもあったし、店舗にいたこともあってかけ直していない。

しばらく着信を知らせるスマホを見つめていたが、いっこうに鳴りやまず画面をタップする。

「パパ」

《澪緒、どうだ？　うまくやってるか？》

電話に出た瞬時、そんな言葉が出てくるのはやはり私を利用しているからとしか思えない。

「……わからないわ」

《わからない？　そっちではどんな話をしているんだ？　うちとの業務提携の話は？》

　私のシラケた態度が父に伝わっていないのだろう。さらに仕事の話を持ち出されて、気持ちが萎える。

「日本の作法とか知らないからおばあさまに気に入られていないし、頑張る気もないの」

　気に入られていないことは本当。でも、やる気はたっぷりある。父に牽制してそう言ったのだ。

《では私が挨拶に伺おう》

　挨拶に来る？

　私は見えない相手に首を左右に振る。

　予想もしなかった父の言葉だった。ううん、いつかは御子柴屋の店舗にやってくると思っていたから、おばあさまに気に入られていないし、頑張る気もないとわざわざ言ったのだ。そう言えば、少し様子を見るのではないかと思って。

「パパ、今は覚えることがたくさんで忙しいの。おばあさまも絢斗さんも。もう少しあとにして」

《そうか？　じゃあ、今は我慢することにしよう》

我慢って……。

苛立ちがこみ上げてきて、なにも言わずに通話を切りたい思いに駆られたが、空気を読まないで店舗に来られても困るので我慢した。

「そうしてね。じゃあ」

《ああ。頑張ってくれ》

父の方から通話を終え、ホッと安堵しながらスマホを枕元に置いた。

近いうちに父と話をしなければならないだろう。けれど、今顔を合わせたらひどいことを言ってしまいそうだから、できれば気持ちが落ち着いてからにしたい。

翌朝、いつも通り朝食の席に着くと、絢斗さんの席にはなにも置かれていなかった。

昨晩、彼の帰宅を待っていたが、いつの間にか寝てしまっていた。

おばあさまと翠子さんが着座して、私は口を開く。

「おばあさま、若旦那さまは……？」

「夜に戻る予定でしたが、向こうで友人に会ったとかでお泊まりになったんですよ。先ほど京都を出たと連絡があって、十一時前には店に直接行くと言っていましたよ」

そうだったんだ……。でも、友人って……？

泊まるほど親しい友人が気になってくる。

「いただきましょう」

考え事をしていた私は、翠子さんに「若奥さま？」と言われて我に返る。

「あ、はい。いただきます」

両手を合わせてお箸を手にしたあともまだ気になっていた。


朝食後、店舗へ赴き、掃除を終わらせて着物を身につける。今日の早番のローテーションも島谷さんと香川さんだ。

だけど私は絢斗さんが気になって掃除にも着付けにも集中できない。ふたりとの会話にも上の空になっている。

私、どうしちゃったの……？

支度を終えたところへ翠子さんがやってきて、島谷さんと香川さんには先に休憩室へ行ってもらう。

「若奥さま、おつかれさまでございます」

「翠子さんもおつかれさまです。おばあさまが呼んでいますか？」

「いいえ。言付けだけです。今日は反巻きの練習を午前中に、午後は書物で着物の勉強をするようにと」

「わかりました。じゃあ、空いている商談ルームで練習しますね」

だいぶ綺麗に巻けるようになったが、合格点をもらうにはまだまだだ。

「若奥さま、若旦那さまのお泊まりの件が気になっているのではないですか？」

「えっ？」

驚いて目を大きく見開く。

「安心しても大丈夫だと思います。ご婚約なさっているのに、他の女性とお泊まりになる方ではありません」

「う、浮気を疑っているわけじゃ……」

口ではそう言ったが、心の片隅では懸念していたことだ。

「顔が赤いですよ。若奥さま、可愛いです」

「翠子さんっ、からかわないでくださいっ」

「ふふっ。おふたりがいい感じで嬉しいんですよ。一昨日、ホテルのバーにいらしていましたよね」

「なんで知っているんですか？」

翠子さんは辺りをキョロキョロと見てから、私の耳元に顔を寄せる。

「若旦那さまは日本橋から銀座界隈では顔が知られていますから、綺麗な女性と出歩いていたとすぐに耳に入ってくるんです。ここだけの話、大奥さまは若奥さまが〝綺麗な女性〟だと噂されていて嬉しそうでしたよ」

私から離れた翠子さんはにっこり笑顔を向ける。

「本当に？　おばあさまが？」

「はい。頑張ってくださいね。若奥さま」

翠子さんはニコニコと冷やかすように言って去っていった。

商談ルームで反巻きの練習をしていると、直治常務と話をする絢斗さんの声が聞こえてきた。

帰ってきたんだ。

出迎えるべきなのか迷っているうちにふたりの声がしなくなり、絢斗さんが社長室へ入ったのだとわかった。

昼食は遅番と交代で、島谷さんと香川さんの三人で休憩室でお弁当を食べる。

お弁当は芳子さんが作って、お昼前に江古田さんが持ってきてくれる。

昼食後、商談ルームで着物の種類や織りの勉強をしていたら直治常務が現れた。

「若奥さま、社長がお呼びです」

直治常務だけが絢斗さんを社長と呼ぶ。

「はい。ありがとうございます」

直治常務が忙しそうに去っていき、私は椅子からすっくと立ち、髪が乱れていないか頭に手をやりハッとする。

身だしなみをいちいち気にしちゃうなんて……。

男性を信用していない私が、絢斗さんに関しては心を許し始めているのだと気づかされる。

商談ルームをそそくさと出て、社長室のドアをノックする。

「どうぞ」

中から絢斗さんの低すぎない魅力的な声がして、ドアを開けた。

「澪緒、そこの物が置いてある席に座って」

執務デスクのパソコンから視線を私に向けた絢斗さんは、部屋の中央にある大きなテーブルを示す。

指示通りに、本が数冊と、着物の帯のような生地で作られた細長いポーチが置かれているテーブルの前に腰を下ろした。

絢斗さんも執務デスクを離れて私の隣に立つ。

「筆ペンの練習帳だ。これで練習をするといい」

彼は細長いポーチから箱を取り出して一本の筆ペンを私に渡してくれる。

その筆ペンはローズ色で、オパールのようなキラキラとした光を放っている。しかも、〝澪緒〟と名前が彫られていた。

「これは……」

「京都の土産だ」

「ありがとうございます！」

見るからに高級そうな筆ペンをテーブルの上に置き、数冊ある練習帳から上にあった一冊を開いてみる。

「それは初級者用で〝あいうえお〟のひらがなから始まっている。それが終わったら、漢字、冠婚葬祭の挨拶文になっている」

「これで上手になるよう練習しますね。ありがとうございました」

もう一度お礼を口にしてそれらを持って立ち上がろうとすると、抱え込んだものをテーブルの上に戻される。

「ここで練習をするんだ」

「え？　今？　おばあさまから着物の勉強を……」

「そう、今だ。おばあさまには伝えた」

そう言いながら、絢斗さんは一番簡単な練習帳を開いて私の目の前に置く。

「ペンを持って」

私はローズ色の筆ペンへ手を伸ばしてキャップを開けた。

「隣の手本のように書いてみて」

「はい」

日本語を書くのは久しぶりだった。今までは書籍を読めばいいだけで、文字は書いていない。

絢斗さんに見られながら文字を綴《つづ》るのはきゅっと身が引きしまる感覚だ。緊張しながら筆ペンの先を練習帳に置いた。

「えっ？」

筆ペンの先からじんわりと墨が滲んでしまい、慌てて練習帳から離す。

「筆圧が強いんだ。いいか」

ふいに絢斗さんが背後から抱きかかえるようにして、筆ペンを持った私の右手に手を重ねた。彼から香る白檀の匂いも私の嗅覚を刺激する。

その瞬間、心臓がドクンと大きく跳ねた。肩も跳ねそうになるのを必死に抑える。

大きな手のひらがふんわりと私の右手を包み込んでいる。

「力はそれほど入れる必要はない。今は力を抜いて」

筆ペンを握る手が震えてきそうだ。絢斗さんは私の手で練習帳に〝あ〟と書き、手本を見せてくれる。

「こうすれば墨が滲まずに綺麗に書ける。ほらな？」

続けて、〝い〟から〝こ〟まで、私の手を握ったまま彼は上手な字で綴る。

「どうした？　反応が鈍くないか？」

ドキドキしている鼓動が邪魔をして、声を絞り出す。

「わ、わかりました。やってみます」

練習帳に視線を落としたまま返事をして始めようとしても、彼の腕は解かれない。

それどころか少し抱きしめられている感が強まった気がする。

「……若旦那さま、離れてください」

そう言ったのに、前触れもなく私の頬に絢斗さんの唇が触れ、ビクッと肩を跳ねさせて彼の方へ顔を向けた。

「澪緒の反応がいちいち可愛いから触れたくなった」

「ぎょ、業務中です」

口元を軽く緩ませた不敵な笑みに、このままでは心臓がもちそうもない。

「……離れてください。不意打ちのキスはやめて」

「じゃあ予告すればいいのか？」

「そ、そういうことでは……」

一昨日の夜から、急に甘くなった絢斗さんに戸惑ってしまう。

彼はふっと笑ってから離れた。

白檀の香りがすっと遠のき、絢斗さんは執務デスクに戻っていく。

執務デスクに座る彼からは私の横顔が丸見えで、筆ペンを動かしながらも絢斗さんの視線をひしひしと感じる。

なんだかからかわれている気がする。

〝さ〟とゆっくり書いてから、絢斗さんへ顔を向ける。

「若旦那さま、お仕事してください」

「俺のことは気にせずに書けよ」

「そんな……気にせずにって、気になります。商談ルームで勉強して――」

「わかった、わかった。見ないからそこでやってろ。商談ルームはふたつともこれから客が来る」

そっか。商談ルームが使えなくなるから、ここでやらせたのね。そばにいてほしいのかと思った。

絢斗さんの一挙手一投足にドギマギした自分を心の中で笑った。

惹かれる心　絢斗Side

俺は、迷子の女の子に声をかけているのを見たときから澪緒に惹かれていた。

美しい髪、目は猫のような目で大きく、鼻は少し上を向き、唇はぽってりと愛らしい。

だからだろうか、父親ほどの年齢の男と援助交際をしていると思ったあのとき、頭を殴られたようにショックを受けた。

俺が女に惹かれるのは三年ぶりだった。

三年前に交際した黒川小百合《くろかわさゆり》は四歳年下で、国際線のキャビンアテンダントだった。スラリとスレンダーな肢体、頭の回転も速く、会話も楽しかったが、多分に独占欲を押しつけてくる女性だった。

世界中を飛び回っている小百合は、自分が日本にいるときは必ず一緒に過ごすよう要求してきた。俺がその日は会えないと言うと、『愛がない。私が他の男性と会ってもいいの？』と拗《す》ねる。

しだいに俺は小百合を愛していないことに気づいた。

愛していれば、全力で会えない理由を伝え、彼女を説得していただろう。しかし、そんなのも面倒だった。

小百合の独占欲は目に余り始め、俺の気持ちも離れていき別れた。

御子柴屋の跡継ぎを切望していた祖母は、周りから見れば女性として完璧だった小百合との破局にがっかりしていた。

破局後、何度も見合いを勧められ断っていたが、ついに折れた俺に祖母が試行錯誤を凝らし考えたのが先日のパーティーだ。

だからあの日ロビーで、艶《あで》やかな振袖姿の澪緒を目にしたときは驚きだった。

結婚式にでも出席するのか？と考えたが、ホテルの担当者が今日のパーティーは御子柴屋しか入れていないと言っていたのを思い出した。

そうなると、うちのパーティーに出席するとしか思えず、彼女に近づいた。

澪緒は俺を見て驚き、大きな目がさらに大きくなった。

西澤社長の愛人である彼女がどういう魂胆でパーティーに出席するのか甚《はなは》だ疑問だった。

パーティーが始まり、招待客と談話をしていても澪緒ばかりを目で追っていた。女性がこんなにも気になるのは初めてだった。

澪緒がひとりで庭園に出たのを見てあとを追った。

彼女は滝の前で写真を撮っていた。その姿は背景の虹よりもキラキラと輝いていた。

——彼女が欲しい。

俺は楽しそうに自撮りをしている澪緒に近づいた。

そこへ西澤社長が現れ、澪緒は別れた妻が引き取った娘だと知った。彼女の流暢で物怖じしない英語は五歳からロサンゼルスで生活したからなのだと納得がいった。

澪緒は御子柴屋のパーティーに出席した理由を話してくれ、それと同時に父親への嫌悪感もあらわにした。

借金が一億円。

その借金が作られた理由は知る必要はない。それを盾に俺は澪緒を妻にすると決めた。

その日のうちに、日本橋にある自宅へ澪緒を連れてきた。

祖母は、外国育ちで作法も知らない澪緒が気に入らなかったようだが、俺が選んだ女性だということで渋々納得し、習い事をさせることにした。

翠子と気が合うようで、病院の帰りにファストフード店でハンバーガーを食べたと聞き、そこはかとなく嫉妬心が芽生えた。それもあり、俺が日本橋界隈で一番だと思っているハンバーガー店に澪緒を連れ出したのだ。

彼女の育った環境や、驚くことに女優志望だったことを知り、話は尽きなかった。

まだ夜を終わらせたくない気持ちに襲われ、ひとりで飲みたいときに訪れるホテルのバーへ連れていった。

あんなに楽しい夜は久しぶりだった。

自宅に戻り、ほんのり色づいた頬で俺を見る澪緒が可愛くて、気づけば彼女の唇を奪っていたのだ——。


京都の工房の視察を終え、三条《さんじょう》にあるペン関連を取り扱う店舗で澪緒の筆ペンを選んでいるとき、壮二から電話が入った。

「壮二、どうした?」

《よっ、若旦那。京都で学会だったんだけど、これから東京に戻るから会わないか?》

まさかの偶然に俺は驚いた。

「実は俺も京都にいて今夜帰る予定だ」

《それはすごい偶然！　じゃあさ、京都の美味しい料理と酒を堪能《たんのう》しないか?》

「壮二は明日の朝から仕事じゃないのか？」

《俺は午後からなんだよね。ゆっくり飲もうぜ。じゃあ、いいよな？　予約入れたらメッセージを送る》

旧友は弾むような声で通話を切った。

というわけで、俺は今夜は戻らない旨を電話で江古田に伝えた。

濡緒の筆ペンを購入し、店を出たところで壮二からメッセージが入る。

料亭の名前と場所が書かれており、予約時間は十八時。

祇園《ぎおん》か。

ここからそれほど離れているわけではないが、空車のタクシーに乗り込み、祇園へと向かった。

祇園の伝統ある街並みは、陽が沈み夜になると、料亭や小料理店の軒先《のきさき》にぶら下がる提灯《ちょうちん》が灯され、風情のある景色になる。

壮二が選んだ料亭はミシュラン二つ星を獲得したことのある店だった。

当日にここが押さえられるか？

「ようこそおいでやす」

引き戸を開けると、着物姿の女将《おかみ》さんが出迎える。

「一条で予約を」

「へえ。一条せんせはおみえになっております。どうぞこちらでございます」

店の奥の個室に案内されると、椅子に座りスマホをいじりながら壮二が待っていた。

「若旦那、おつかれ。なんだ、着物と思いきやスーツか」

学会に出席した壮二もスーツだが、濃紺のジャケットが邪魔なのか脱いで鴨居に掛けている。

俺は六人掛けのテーブルの真ん中に座る壮二の対面に腰を下ろし、隣の椅子に黒革のカバンを置く。

「絢斗、日本酒でいいか？」

「ああ。任せる」

壮二が注文を済ませると、女将さんは上品に「ほな、ごゆっくりどうぞ」と口にして出ていった。

「ここはミシュラン二つ星になった店だろう？　当日でよく取れたな」

「東京の大学に通う息子さんの大腿骨《だいたいこつ》の手術をして、京都に来ることがあればと言ってくれていたんだ。たまたまキャンセルが出たそうだ」

そこへ女将さんが酒を運んできた。酒は青竹筒に入り、青竹で作られたおちょこだ。

俺たちは軽く乾杯してから飲み始める。

おちょこをテーブルの上に置いた壮二がニヤニヤしている。

「それはなんの笑いだ？」

「今日は包み隠さず謎の美女ちゃんの話をしてもらおうかとね」

誘いの目的はそれか。

「謎の美女ちゃん？」

俺はおちょこの中身をグイッと飲み干し、手酌で酒を注ぐ。辛口のうまい酒だ。

「しおりんから聞いたんだ。パーティーでひとりの美人ちゃんを選んだって。美しかったと、しおりんが褒めていたよ」

「あぁ。彼女に決めた。結婚する」

「はぁ？　け、結婚っ⁉」

驚愕する壮二に、俺は口元を緩ませる。

「驚かせることができて嬉しいよ」

「嬉しいって、結婚ってそんなに早く決められるものなのか？　おい、自棄《やけ》は起こすな。お前はモテるんだ。跡取りが欲しいからって、早まる必要はないんだぞ？」

テーブルに身を乗り出す壮二は鼻息が荒い。

「落ち着け」

俺はもうひと口酒を喉に通し、慌てる壮二がなんとも愉快で「クックッ」と笑う。

「若旦那を骨抜きにした美女はどこの令嬢だ？　写真を見せろよ」

「そういえば写真はなかったな。帰ったら撮ろう」

パーティーの日に撮った写真はスマホに収められているが、今はまだ壮二に見せる気はない。

「そんなにデレデレ……絢斗を骨抜きにした女がいたとはまだ信じられないよ」

壮二は興奮を収めようと酒をあおるように飲み、椅子の背に体を預ける。

「名前は里中澪緒。年齢は二十二歳。両親の離婚後、母親と五歳からロスに住んでいたが、今回着物のレンタル会社の経営者である父親に頼まれ来日し、俺と出会った」

「ロスで育った？　おいおい、老舗呉服屋の若奥さまとしてやっていけるのか？　それに頼まれたって、なんだか画策が含まれているみたいじゃないか」

「あのパーティーの出席者はそればかりだった。澪緒は、彼女たちが全員集まっても勝てない魅力がある」

俺は澪緒の奮闘ぶりを思い出し、顔を緩ませる。

「絢斗が思い出し笑いしている……」

壮二は「はぁ～」とため息を漏らし、運ばれてきた料理を食べ始める。

俺も料理を口にする。京都らしい薄味だが、出汁《だし》が効いていてうまい。

「まだ出会って数日だろ？　そんなに気に入ったのか？」

突として真面目な表情で壮二が尋ねる。

「ああ。澪緒といると楽しくて、なんでもしてやりたくなる」

「恋は一瞬でやってくる、か……。まあ、めでたいか。よし！　今日はとことん飲むぞ」

壮二はおちょこを掲げてから、一気に酒を流し込んだ。


翌朝、とことん飲んだ壮二は二日酔いの冴えない顔で、俺と東京へ向かう新幹線に乗り込んだ。

品川《しながわ》へ着くまで壮二はずっと寝たままで、到着十分前に起こすと幾分すっきりした顔で目を覚ました。

「くそっ、もう日本酒はやめる」

恨み言をボソッと口にした壮二は、俺がワゴンで買ったホットコーヒーをうまそうに飲み、人心地がついたように息を漏らす。

「絢斗、コーヒー、サンキュ。おかげで寝過ごさずに済んだ」

「ああ」

「それにしても、飲んだ量はほぼ同じなのに、お前はどうしてそんなにケロッとしてるんだよ」

「体質じゃないか？」

そう言ったとき、車内放送で間もなく品川駅に到着すると知らせが入った。

「さてと、午後から仕事かぁ～。またな。次回は朝陽を誘おう」

壮二はすっくと立ち上がり、車両を出ていった。


東京駅に着いた俺は自宅に戻り、着物に着替えてから店に赴く。

時刻は十一時前だ。

主要都市に展開している店舗からの業務報告書の確認で午前が終わる。

昼食後、直治常務が執務室にやってきた。

「直治常務、俺が検品した着物はこのあと到着するので、顧客に連絡をお願いします。これが顧客リストです」

「かしこまりました」

「澪緒は？」

「商談ルームで着物の書物を読んでおられます」

「ここへ呼んでください」

直治常務が出ていき、すぐにドアがノックされた。

「どうぞ」

俺の声で澪緒が姿を見せる。今日は蜂蜜《はちみつ》色の小紋を身につけ、髪はひとつに三つ編みをして片方に流している。

「澪緒、そこの物が置いてある席に座って」

中央にある大きなテーブルを示すと、彼女は不思議そうな顔で席に着く。

澪緒の隣に立ち、彼女のために京都で選んだ筆ペンと練習帳を見せると、澪緒はキョトンとしたあと嬉しそうに笑った。

色々と勉強ばかりさせて可哀想だが、彼女はよくやっている。

商談ルームへ戻ろうとする澪緒にここで練習するように伝えたのは、実のところそばで彼女を見ていたかったからだ。

澪緒はさっそく筆ペンを手に書き始めたが、筆圧が強く、先からじんわりと墨が滲み出てしまう。

初めて筆ペンを使うのだから注意をしておけばよかったか。

「筆圧が強いんだ。いいか」

俺は彼女の背後から、筆ペンを持った右手に手を重ねた。

一瞬、澪緒が体をこわばらせたのがわかったが、俺はそのまま手を動かした。

すっぽりと俺の手に収まる華奢《きゃしゃ》な手だ。

「こうすれば墨が滲まずに綺麗に書ける。ほらな？」

彼女の手を握ったまま字を綴る。しかし、澪緒の反応がいつもと違う。

「どうした？　反応が鈍くないか？」

「わ、わかりました。やってみます」

彼女は練習帳に視線を落としたまま返事をした。どうにもぎくしゃくした澪緒に俺は触れたくなった。

これでうなじがあらわになっていたら俺の理性はもたないな。俺は彼女を抱く力をほんの少し強めた。

「……若旦那さま、離れてください」

腕の中で身じろがない澪緒をからかいたくなり、彼女のきめの細かい頬にキスを落とす。すると、驚いた澪緒はビクッと肩を跳ねさせて俺へ顔を向けた。

「澪緒の反応がいちいち可愛いから触れたくなった」

ずっとここで澪緒を見ていたい。きっと壮二が聞いたら目を剥くだろう。

「ぎょ、業務中です」

彼女は頬を赤らめて練習帳へ視線を向けた。

照れているのだろうか？

「……離れてください。不意打ちのキスはやめて」

「じゃあ予告すればいいのか？」

「そ、そういうことでは……」

戸惑いを見せる澪緒に俺は笑って離れる。

いつまでもからかっていたいが、このあと来客の予定だ。その前にやることは盛りだくさんだ。

しかし執務デスクに着いても澪緒から目を離せない。

彼女は筆ペンを動かしてから、ふいにこちらへ顔を向けた。

「若旦那さま、お仕事してください」

きっぱり言うところも可愛いじゃないか。

澪緒の反応が楽しくて、集中する彼女の横顔から視線を外すのが難しかった。

「若旦那、今日を楽しみにしておりましたのよ。本当に素敵。早く着たいわ」

商談ルームの椅子に座る寿葉さんは、鴨居に掛けられている色留袖を見て麗しい笑みを浮かべる。

「素晴らしい仕上がりになりました。艶やかな色は寿葉さんによく似合いますよ」

「若旦那のおすすめ通り、色も柄も生地も持っている着物の中で一番になりましたわ」

今日の寿葉さんは抹茶《まっちゃ》色の落ち着いた色留袖を着ている。

そこへノック後に、ドアが開いた。女性従業員がお茶を運んできたのだろう。

「失礼いたします」

その声にハッとしてドアの方を見遣ると、お盆を持った澪緒が立っていた。寿葉さんもそちらへと顔を向けた。

「あら……」

寿葉さんは澪緒を見て目をパチクリさせている。

「直治常務がお茶を運んでほしいと……」

彼女は寿葉さんの反応に戸惑い気味で、俺に言い訳する。

「澪緒。こちらに運んで」

彼女は静かな足運びでテーブルの横に立ち、寿葉さんの前にお茶を置く。

「寿葉さん、紹介します。彼女が俺の結婚相手の澪緒です。澪緒、こちらは御子柴屋を贔屓にしていただいているクラブ経営者の寿葉さんだ」

「どうしたことなのでしょう？　若旦那？　西澤社長から彼女を奪って？」

「まあそんなところでしょうか」

あながち間違っていない。俺は寿葉さんに口元を緩ませる。

「あの、父をご存じなのでしょうか？」

澪緒がさらに困惑した表情で寿葉さんを見つめた。

「お父さま？」

寿葉さんはそう言葉にしてから、クスッと笑った。

「若旦那、嫌ですわ。そうおっしゃってくださらないと。西澤社長の愛人を略奪してこられたのかと思ってしまいましたわ」

「私が父の愛人？」

澪緒はキョトンとしている。

「ええ。西澤社長はうちのクラブに時々いらしてくださるお客さまなんですよ。私と若旦那は以前ホテルで、西澤社長が澪緒さんにお金を渡しているところを目にしたんです」

「あ……だから、えーっと、えんこうしている男とパーティーへ来たのかと怒っていたのね」

澪緒は合点がいったように笑った。

「あのときは親子に見えなかったからな」

「澪緒さんは御子柴屋の若奥さまになられるのですね。今後ともどうぞよろしくお願いします」

「あ！　はいっ、どうぞよろしくお願いします」

澪緒は盆を抱えたまま頭を下げる。

「本当にお綺麗なお顔だわ。澪緒さん、若旦那と別れることにでもなったら、うちで働きませんか？　澪緒さんならあっという間にナンバーワンになるでしょう」

「たしかに澪緒が寿で働いたらナンバーワンになるでしょうね。ですが、そんなことにはなりませんから」

「若旦那ったら。ご結婚なさるとうちの子たちが聞いたら悲鳴をあげてしまいますわよ」

「ナンバーワン？　うちの子たちが悲鳴……？」

澪緒は俺たちの話が理解できていないようで、不思議そうだ。

「その反応もくすぐられますわね」

寿葉さんは澪緒がいたく気に入ったようだ。

「彼女は小さい頃からロスで生活をしていたので世間話に疎いんです。寿葉さん、お茶をどうぞ」

「まあ、ロスに。ますます興味深いわ。うちのクラブには外国人のお客さまも多く見えられるから」

俺が澪緒に言ったような話が寿葉さんの口から出て苦笑いしかない。

そこで澪緒が口を開く。

「寿葉さん、クラブってダンスをするところですよね？」

「いいえ。そのクラブとは違いますわ。静かな空間でお酒を飲みながら、お客さまとキャストの女性が会話をする店ですの」

「うちの子たちが悲鳴って言っていましたが、若旦那さまも寿葉さんのお店に行っているのですか……？」

やけに喉が渇く会話に、お茶を口に入れた途端、噴き出しそうになった。

「ゴホッ、ゴホッ」

「若旦那、大丈夫ですか？」

そう聞きながらも寿葉さんの顔は笑っている。

「……んんっ、失礼しました」

「澪緒さん、まだご存じではないと思いますが、若旦那は夜の銀座では有名人なんですよ。なんせお顔がいいですから。先ほどのご質問についてですが、接待で時折いらっしゃるくらいですよ」

「若旦那さまはグッドルッキングガイですもんね」

澪緒の大きな目が俺に向けられるが、彼女の考えが読めない。その目が、掛けられている色留袖へ向けられる。

「素敵な色留袖ですね。この色は……梅紫《うめむらさき》？　う～ん、若紫《わかむらさき》？」

ズバリ色名を当てられて俺は目を見張った。

ひと言で紫色といっても微妙な色味の違いで名前が変わる。それをまだ勉強を始めて数日しか経っていない彼女に当てられるとは思ってもみなかった。

「梅紫だ。よくわかったな」

「昨晩ちょうど勉強したところだったんです。寿葉さんによくお似合いになると思います。あ、すみません。長居をしてしまいました。それでは失礼します」

澪緒は寿葉さんに頭を下げて商談ルームを出ていった。

彼女の吸収力には驚かされる。言葉もきちんと敬語を話し、微妙な色の違いも当てた。カリフォルニアの大学を出たそうだが、もともと頭がいい女性なのだろう。

「可愛らしくて素敵な奥さまになりますわね」

寿葉さんの言葉に俺は我に返る。

「……そうですね」

明るい澪緒は御子柴屋に新しい風をもたらしてくれるに違いない。

ひと月が経ち、十一月も終わりに近づいている。

澪緒は努力家だった。着付けは二重太鼓結びなら文句のつけようがないほどに上達し、着物の種類や柄といった呉服屋として必要な知識も二年目の女性従業員に引けを取らないくらいに覚えた。

華道、茶道もなんとか祖母に叱られながらも頑張っている。もともとおおらかな性格なのだろう。祖母の嫌みを受け流している澪緒は偉いとしか言いようがない。

掃除ひとつにしろ、彼女はいつも生き生きと楽しそうだった。その性格で、彼女は従業員たちとすっかり仲良くなっている。

俺が選んだ女性なのだからあまりきつく当たらないよう祖母には注意しているが、

祖母には祖母なりの孫嫁の理想があるのだろう。その理想に近づけようと必死さが見受けられた。

『絢斗さん、おばあさまの嫌みなんてなんともないです。私ができるようになればいいんです』と澪緒に言われたこともあり、俺は様子を見ている。

日に日に澪緒が愛おしくなっていた。

「直治常務、澪緒は？」

夕方五時過ぎ、外は暗くなり、行き交う通行人は寒さに身を縮めて足早に去っていく。

「父親だという男性が見えられて、五分ほど前でしたか、外に出られたんですが」

「父親が？」

澪緒の父親は彼女に早く業務提携を進めるように何度も電話をしているようだった。

俺は店を出て、辺りを探す。

澪緒と父親は店舗横の路地にいた。街灯でかろうじてふたりを見逃さずに済んだ。

「――ちゃんと話してくれているのか？　澪緒。まさか金をかけさせておきながらなんの見返りも私にしないのか？」

父親は澪緒に詰め寄り、ひどい言葉を投げかけていた。

澪緒は胸を痛めているだろう。

「私、あのパーティーの前にパパと奥さんの会話を聞いたの。御子柴屋の若奥さまになれば、のちのちいい投資だったと思えるだろう。それがダメでも金持ちを見つけて結婚させればいいんだって。私を投資の材料にしか思っていないんでしょう？　パパが借金返済してくれる件は断ったでしょう？　もう関わりたくないの」

「あ、あれは妻の手前……返済なら私がしよう。振込先を教えてくれ」

「そもそも私はパパを尊敬なんてしていない。妻が妊娠中に愛人も妊娠させるような男だもの。たしかにママの治療費は援助してもらえて助かったわ。最高の医療を受けさせてあげられたから。だからせめて親孝行をしたくて日本にも来た。でもあんな話を奥さんとしているのを聞いて、パパの本当の気持ちを知って、私は利用されないことにしたの」

父親に気持ちを打ち明けるのには勇気がいっただろう。

俺はギュッと拳を握る。

「澪緒！　お前の口添えが必要なんだ」

必死になる父親は、澪緒の両腕を掴んだ。

「嫌よ、離して！」

「その手を離してくれませんか？」

俺はふたりにつかつかと近づく。西澤社長はビクッと肩を跳ねさせ振り返った。

「御子柴さん……」

西澤社長は俺の姿に驚き、澪緒から手を離す。

「彼女はあなたに幻滅しています。父親なら子供を利用なんてしない。これ以上娘さんを傷つけないでほしい」

「御子柴さん、ぜひうちと業務提携をお願いします」

「西澤社長、経営がうまくいっていないそうですね。普通では立て直せないほどの負債を負っている。それなのに彼女の借金を返済できるんですか？」

「ど、どうしてそれを!?」

ギョッとなる父親だが、澪緒も目を大きく見開き、言葉を失っている。

「業界では有名ですよ。俺の耳に入らないわけがないでしょう。うちと業務提携したところで焼け石に水ですよ。うちは力になれません」

「パパ、そういうことだから」

西澤社長の横をすり抜け、俺の隣へ来る。

「絢斗さん、行きましょう」

父親の方を見ずに澪緒は俺の手を取り歩き出した。澪緒の手が震えている。

寒さからか、父親のせいなのか。

俺は彼女の手を引いて店の中へ入る。暖かさにホッとするが、澪緒の震えは止まらない。

「変なところを見せてごめんなさい。じゃあ」

澪緒は俺から離れようとしたが、無言のまま社長室へ連れていく。

ドアを閉めると、澪緒を引き寄せ抱きしめる。

「あ、絢斗さんっ？」

腕の中で困惑する澪緒だが、逃げ出そうともせずじっとしている。

「寒かったな。震えている」

「……ですね。寒かった……。絢斗さん、パパの会社、危なかったんですね」

「ああ。来年の成人式が終われば経営破綻もあり得る。いや、もしかしたら成人式前に潰れるかもしれない」

「えっ？　そんなことダメ！」

澪緒は俺の腕から離れて、大きく首を振る。

「成人式前に潰れたら、お客さまはどうなるの？　楽しみにしていた振袖を着られなくなるの？」

　俺はため息を漏らす。

「客が気の毒すぎるな。俺が確認する。必要ならば弁護士や会計士も総動員してなんとかしよう」

「でもそれでは……」

「俺はこれでも西澤社長に感謝している」

「感謝……？」

　澪緒はわからないといった風に眉を寄せる。

「そう。経緯はどうであれ、澪緒を日本に呼んでくれたことに感謝している」

「……私も」

　澪緒の可愛い顔にはにかむような笑みが浮かぶ。

「だから君のためにも放っておけない。先ほどの澪緒の言葉で西澤社長の目が覚めたと思いたいな」

　彼女はコクッと頷く。腕の中の澪緒が愛おしい。

　俺は彼女の顎を指で軽く上げ、唇を重ねた。

幸せな相思相愛

社長室で筆ペンの練習をしていたところ、女性従業員が皆忙しいからと、直治常務からお客さまにお茶を持っていってほしいと頼まれた。

給湯室でお茶を淹れ、漆器の丸盆にのせて商談ルームへ向かう。

「失礼いたします」

ノックをして入室すると、絢斗さんと美しい着物姿の女性がいた。

私が運んでくるとは思ってもみなかったのか、談話中だった彼は驚いたようにこちらへ顔を向ける。一緒にいた美しい女性も「あら……」と声を漏らし、綺麗にメイクした目をパチクリさせている。

お邪魔だったのかもしれないと、私は「直治常務がお茶を運んでほしいと……」と言い訳がましく口を開く。

絢斗さんは私をその女性――寿葉さんに紹介した。すると、寿葉さんはさらに困惑した様子。彼女の口から父の名前が出て、私も驚いた。

ホテルで私と父がいるところを目撃していたと話され、絢斗さんが誤解していたわけを知った。

寿葉さんは御子柴屋の若奥さまが嫌だったらと、彼女の経営するクラブにスカウトしてくれたけれど、絢斗さんが間髪容れずに断るのを見て、内心喜ぶ。

でも、どうして銀座のクラブのママと彼はこんなに仲がいいの？

私は自分が嫉妬していることに気づく。

寿葉さんが教えてくれたけれど、やはり絢斗さんはこの界隈では有名人らしい。

たしかに絢斗さんはグッドルッキングガイだ。クラブで働く女性も放っておかないだろう。

納得してしまうが、そんなところで人気のある絢斗さんに内心ムッとしてしまい、鴨居に掛けられている色留袖を話題にその会話を終わらせた。

丸盆を給湯室に置いて社長室へ戻ると、なんだかイライラしている自分に気づく。

翠子さんも言っていたっけ。この近辺では絢斗さんは顔を知られているって。それって、もしかしたら遊び人だったってこと？　そうは見えないけれど、彼ほどの人ならモテるのも無理はないと思う。

ちょっと待って。ホテルで私を見かけたってことは……？

寿葉さんと絢斗さんのあらぬ疑いが脳裏をよぎって、プルプル頭を左右に振る。

私と結婚しようとしているのも、周りの目をごまかしたいから……？

心を落ち着けよう。

先ほどまでやっていた練習帳を開いて筆ペンを手にする。それでもモヤモヤする気持ちは払拭できなかった。

筆ペンの練習を再開して十分ほどが経ち、絢斗さんが社長室に戻ってきた。

彼は私の横で立ち止まる。

「線が細いな。もう少しだけ力を入れて」

「……はい」

それだけ言って執務デスクへと歩を進める。

「あの、絢斗さん」

彼の背中に向かって呼ぶと、彼が振り返った。

「なんだ？」

「正直に言ってくださいね？」

「正直に？」

私の言葉に、絢斗さんがゆったりとした足取りで戻ってくる。

私は小さく息を吐いてから、心を決めて口を開いた。

「私と結婚するのは、寿葉さんという女性がいるのをカモフラージュするため？」

立っている彼を仰ぎ見ていると、いつもは涼しげな目が大きく見開かれた。そして、クッとおかしそうに笑う。

「俺と寿葉さんが恋人同士だと思ったのか？」

「あのホテルで私を見たのは、……そ、そういう関係だからじゃないかなって」

「想像力がたくましいな。第一、寿葉さんを何歳だと思っている？」

「えっと……四十歳くらいかな」

突然、絢斗さんがお腹を抱えて大きな声で笑いだす。

「どうして笑うの？　おかしくなんか」

「ククッ、彼女は五十五歳だ」

私は一瞬耳を疑った。

四十五歳の聞き間違い……？

「俺とは親子ほど年が離れている。美魔女ってやつだ」

「美、魔女……？　本当に五十五歳？」

恐るべき寿葉さんの美貌に、私はあっけにとられた。

「そうだ。俺と寿葉さんの関係は上得意客というだけだ。澪緒が気にする必要なんてこれっぽっちもない」

絢斗さんの手のひらが私の頭にのる。

「くだらないことを考えていないでしっかり練習をするんだ」

頭をポンポンと手のひらで軽く弾ませた絢斗さんは、私から離れて執務デスクへ座った。


早いもので、私が日本に滞在して一カ月が過ぎた。

昨日は父が突然お店にやってきて業務提携の件で詰め寄られた。父の必死の形相に怖さを覚えたとき、絢斗さんが現れて救いの手を差し伸べられ安堵した。

絢斗さんによれば、父の会社は経営破綻しそうだという。

私を利用したいだけだった父に憤りを覚えていたけれど、絢斗さんの考えは少し違う。自分たちを引き合わせてくれた人だからと、父の会社の手助けをする気持ちでいるみたいだった。

御子柴屋でも、成人式の振袖を購入するために訪れる母娘を何度も目にしている。娘が素敵な振袖を前に選び悩む姿。そんな娘の成長に母親は瞳を潤ませる。とても温かな光景だった。

最近は高い振袖は購入せずにレンタルをする人が多いらしい。御子柴屋へ来店するのは古くからの上得意客のセレブばかりだ。

成人式は一生に一度。父の会社から借りた振袖を新成人に着られなくなることがあれば、本当に申し訳なくなる。

私にはなんの力もない。絢斗さんにお願いするしかなかった。

「澪緒」

考え事をしていた私は絢斗さんの声にハッと我に返る。今日も社長室で筆ペンの練習をしていたところだった。

「これを渡しておく」

絢斗さんから御子柴屋の封筒を渡される。

「これは？　開けていいの？」

封筒を手に持たされ、私は首を傾げる。

「ああ」

封筒に入っていたのは一枚の用紙と、銀行の通帳にキャッシュカードだった。

通帳とキャッシュカードは十日ほど前に銀行の支店長が来て、絢斗さんの指示で作ったのだ。

私は数字が書かれている用紙へ視線を落とす。給与明細とあり、二十五万円もの金額が手取りの欄に記載されていた。

「絢斗さん、給与って……」

ドルに換算してみて驚く。一カ月足らずの労働、しかも勉強ばかりでほとんど働いていないのに多すぎる金額だった。

「多すぎるわ」

「多くはないと思うが？　朝から夜まで、君は長時間店にいる。掃除もするし、接客もしている。それ相応の金額だよ」

「……本当に？」

このまま貯めれば四カ月間で借金を返済できる計算になる。

「ああ。好きなものを買うといい」

「ううん。これで借金を返済できるので貯めます」

「返済？　こんな金額では一億を完済するにはどれだけかかると思っているんだ？」

絢斗さんは呆れたように言ってから笑う。

「一億円じゃなくて、一万ドルなの。だいたい百万円」

「えっ？」

「ごめんなさい。あのときは本気じゃないと思って。そんな金額を言ったら普通なら逃げるでしょう？　でも絢斗さんはそうじゃなかった」

一緒に暮らしていくうちに、彼の優しさや寛大さ、そんな男気のある彼をどんどん好きになっていったのだ。三カ月過ごしてみて本当に婚約するかを判断する約束だったけれど、そんな期間は必要なかった。私はずっと絢斗さんのそばにいたい。

「この借金は亡くなったママの治療費だけど、土産物店のアルバイトとほんの少しのモデル料ではなかなか払い終えなくて」

「そうだったのか。でも約束なんだから借金は俺が払う」

「でも、今は生活費だっていらないし、贅沢もさせてもらっているから、自分で払いたいの」

「それでも早く返せば利子も最小限で済むだろう？　あとで詳細を教えてくれ」

絢斗さんは着物の袖を少しずらして腕時計を見る。

「時間だ。これから自治会の会合があるから先に戻っていて」

絢斗さんは私の頬に手を触れて、社長室を出ていった。

絢斗さんが出かけてから少しして翠子さんが私を呼びに現れた。

「若奥さま、大奥さまがお呼びです」

筆ペンの手を止めた私の練習帳を翠子さんが覗き込む。

「頑張っていますね」

「う〜ん。なかなかうまく書けなくて」

筆ペンのキャップをして、椅子から立ち上がり肩をすくめる。

「すぐに上達する人なんていませんわ」

「でも楽しいの。早くお礼状が書けるようにならないとね。まだまだ先は遠そうだけど」

両手を上げて伸びをすると、翠子さんが笑う。

「そんな姿は大奥さまに見せてはダメですよ」

「もちろん！」

私たちは笑いながら社長室を出て、おばあさまの執務室へ向かった。

「失礼いたします」

翠子さんがドアの前で声をかけ、私を中へ促す。

「澪緒さん、今、お礼状を書いているところなの。おかけになって待っていなさい」

「はい」

おばあさまが書き終わるまで三分間ほど待っていた。

「終わったわ」

筆ペンをデスクの上に置いて満足そうな声がする。

「あの、おばあさまの字を見せていただいてもいいですか？」

「ええ。いいわよ。こちらへ来なさい」

おばあさまの許しを得た私はデスクに近づく。便せんに流れるような文字が書いてある。

「うわー、素敵な字！　お手本みたいに綺麗です」

本当におばあさまの字は美しくて、思わず興奮気味に口をついて出る。

「あ！　す、申し訳ありません」

私の言葉遣いはいつも叱られるのですぐに謝る。すると、おばあさまは顔を緩ませて笑った。

「あなたの天真爛漫《らんまん》さはいつになったら落ち着くのかしらねぇ」

叱られているのではないようで胸をなでおろす。

「ペン習字を頑張っていると絢斗さんが言っていたわ。英語で生活していたのだから難しいと思うけれど頑張りなさい」

おばあさまに初めて優しい言葉をかけられて、胸に熱いものがこみ上げてきた。

少し認めてくれたのかな……。

「それはそうと、今週の土曜日にお茶会へお呼ばれしているの。あなたも連れていきますから」

「え？　私も……ですか？」

茶道も週に一度のペースで習っているが、まだ完璧に覚えたわけではない。

「そうですよ。翠子さんも一緒ですからね」

「私が出席したら、おばあさまが恥をかいてしまうかもしれないです」

「そうならないようになさい」

当惑してしまい翠子さんへ視線を向ける。

「若奥さま、お茶会の時間は一時間ほどですから。これも経験ですし」

「わかりました」

「当日はこちらのお着物を着なさい。私が娘の頃に着ていたものですけど、巨匠と言われた今は亡き作家が織ったものなのよ」

おばあさまはテーブルの上に置いてあったたとう紙の紐をほどき開いて見せてくれ

る。

それは、上品な象牙色の地に、椿の花が描かれた訪問着だった。帯は金糸と銀糸、そして朱赤と緑の円い輪が織り込まれた豪華なものだ。

おばあさまが娘の頃を考えると、すでに五十年は経っている。それなのに新品のように綺麗な着物だった。


その夜、二十二時過ぎに帰宅した絢斗さんはケーキをお土産に買ってきてくれた。ちょうど甘いものが食べたかった私はふたつ目のケーキを口に運んでいる。

ひとつ目はイチゴのショートケーキで、今はミルクレープだ。

ロスで食べていたものよりも甘さが控え目でとても美味しい。

対面のソファに座る絢斗さんは、ビターなチョコレートケーキを食べている。

「あ、今週の土曜日、おばあさまにお茶会に出席するようにって」

「ああ。知っている」

「おばあさまが若い頃着ていた着物を着なさいって」

「御子柴屋の若奥さまとして認められてきたんじゃないかな」

「えっ？」

フォークを口に入れたまま、絢斗さんを見つめる。

「今日渡された着物はおばあさまが大事にしていたものだよ。澪緒とは身長が違うから、縫いこみを出したんだ」

「縫いこみ……?」

絢斗さんは紅茶をひと口飲んでから教えてくれる。

「腰の部分に揚げが多く残っている場合には伸ばせるようになっている」

「着物ってすごいのね」

「ああ。知人の茶会に澪緒を連れていくということは、若奥さまとして紹介する気持ちがあるからだろう。翠子も行くんだろう? 彼女がいれば俺も安心だ」

おばあさまが認めてくれつつあると聞いて、私の頬が緩んでくる。

私が欲しかった家族団欒も夢ではないかもしれない。

その前に目の前の人の気持ち……。

「……絢斗さん」

「なんだ?」

「私たち相思相愛?」

彼は一瞬切れ長の目を大きくしたのち、ふっと笑みを漏らす。その笑みが麗しくて私の心臓をドキッとさせた。

「それも勉強したのか？」

「勉強？　あ、相思相愛？」

さっきまではなんの意識もしなかったのに、今は鼓動が不規則に暴れ始めている。

自分で話を振ったのに……。

「そう。俺は態度で示していただろう？　あとは澪緒の気持ち次第で相思相愛だ。まだ男を信じられない？」

「……絢斗さんは信じられる。もうとっくに、好きよ」

何気なさを装って〝好き〟を伝える。

「好き？　それはボーイフレンドに対する感情か？」

「ち、違うわ。Love のほう。ボーイフレンドに胸を高鳴らせたことはなかったもの」

彼が私の隣にやってきて腰を下ろした。男らしいけれど綺麗な手で私の手を握る。

「それなら相思相愛だ。澪緒、俺は君を愛している。最初から惹かれていた。君は努力家で、周りに気を配る性格だ。日本に慣れていないせいで色々とハンデはあるのにそれをものともせずに頑張っている。そんな姿に愛おしい気持ちでいっぱいになった」

絢斗さんから次々と出てくる言葉に頬が熱くなってくる。

「私はママからはたくさんの愛情をもらったけれど、周りの両親が揃った家庭を見るたびにとても寂しい気持ちに襲われていたの。この家に来て、おばあさまや江古田夫妻に憧れていたものが詰まっていた」

「憧れていたもの？」

絢斗さんは首を傾げる。そうすると、前髪がサラリと落ちて、切れ長の目にかかる。

本当にかっこいい人だ。

「私は家族団欒に憧れていたの。いつ家に戻っても、『おかえりなさい』って言ってくれる家族に」

「家族団欒か……」

しんみりと口にする絢斗さんに私は満面に笑みを浮かべる。

「絢斗さんが与えてくれた。もうロスの生活に未練はないし、御子柴屋の若奥さまとして……あなたの妻としてここで生きていきたい。大好き。いつもポーカーフェイスだけど、たくさんの優しさをくれる絢斗さんを愛しているの」

「じゃあ、三カ月のお試し期間は解消でいいか？」

口元に笑みを浮かべる絢斗さんは私を引き寄せ力強く抱きしめる。そして髪を優しく梳く。

「うん。もう解消して……」

「澪緒、俺のそばにいてくれ。もう寂しい思いはさせない」

「ん……、ここはとても居心地がよくて温かいの。絢斗さんがいてくれるから」

私の唇がそっと塞がれた。

何度も角度を変えたキスをし唇が離れる。そして重いため息が彼から漏れる。

「澪緒が欲しくてたまらないが、ここではロマンチックのかけらもない。もう少し待つしかなさそうだ」

「絢斗さんはロマンチストなの？」

私は彼のそばにいられればどこで初めての夜を過ごしても気にならない。

「初夜くらいはな。澪緒がその気なら俺の部屋でもいいが？」

「えっ？　そ、その気って……」

絢斗さんは笑いながら私の頬に手をやり、彼と目を合わせられる。

「俺の欲望だけで今抱きたくない。俺が澪緒を愛するときはお姫さまのような気分にさせたい」

彼の黒い瞳に熱い欲望の色が見える。けれど私を大事に思って、そのときまで待とうとしてくれていた。

かった。

「絢斗さん、ありがとう」

私は絢斗さんの胸に頬を当てて、広い背中にギュッと抱きついた。

白檀の香りを思いっきり吸い込んでしまい、いつまでも私の胸の高鳴りは収まらなかった。

そして土曜日がやってきた。

お茶会は十時から。私が絢斗さんに出会ったホテルの庭園にある茶室が会場だった。

朝食後、自分の部屋で着物を着ようとしていると絢斗さんがやってきて、今日は彼が着付けると言う。

「自分で……」

長襦袢を身につけたまま、象牙色の訪問着を手にする絢斗さんを見遣る。

「まだ二重太鼓しかできないだろう？　今日は少し華やかにした方がいい」

「華やかでいいの？」

「もちろんだ。御子柴屋の若奥さまになるのだから、手本になるくらいじゃないとな」

お手本……。

「絢斗さんが着付けてくれるのなら着崩れることなく、帰るまで美しい着物姿のままでいられそう」

彼は「任せておけ」と言い、私に着物を羽織らせて慣れた動きで着付ける。そして帯の形をふくら雀《すずめ》にしてくれた。

「これでよし」

絢斗さんの合図に、等身大の鏡の前でうしろを向いて顔だけ振り返る。

「とても素敵だわっ！」

いつものシンプルな二重太鼓よりも、ふくら雀は若々しく感じられる。伊達衿も帯に入っている朱赤が使われていて顔周りが華やかだ。

「それとこのかんざしを」

絢斗さんはちりめんで作られた花に真珠があしらわれたかんざしを髪に挿してくれる。

「美しい。黒髪に真珠がよく似合う」

「綺麗なかんざし……ありがとう。絢斗さん」

ゆらゆら髪の上で揺れる流麗なかんざしに大満足でにっこり笑った。

「澪緒」

「はい？」

「今日は俺の婚約者として紹介されるだろう。エンゲージリングをつけていって。本来、お茶会の前に貴金属は外すが、今日の主催者なら問題ないから」

絢斗さんは袂から指輪の箱を出して開けると、私の左手の薬指にはめてくれる。

エンゲージリングが薬指の上でキラキラと光を放っていた。


お茶会の会場へはハイヤーで向かった。帰りは絢斗さんが迎えに来てくれる予定だ。

ここで絢斗さんに出会ったのを懐かしく思いながら、おばあさまと翠子さんと一緒にホテルの庭園を歩く。

「澪緒さん、本日私たちを招いてくださったのは藤岡綾子《ふじおかあやこ》さんという、世界の主要都市にもあるデパートの創業者一族の大奥さまなの。私とは女学校以来の友人よ」

めずらしく楽しそうにおばあさまは話してくれる。

旧友に会うのが待ち遠しいんだね。

招待客は十五人ほどで、お茶会が終わったあと、昼食をいただくことになっている。

前回は金木犀やサルビアなどで彩りのあった庭園は、椿や菊、水仙《すいせん》などが咲いていた。

だいぶお花の名前に詳しくなってきたみたい。

茶室は宝月庵《ほうづきあん》という名前で、数寄屋造りの建物だと翠子さんが教えてくれる。

あとで数寄屋造りを調べなきゃと、頭の中に入れた。

古めかしい建物だけど、御子柴の家に比べたら味気ないと感じる。

茶室には十人ほどがすでに到着していて、時間には遅れていないものの私たちはあとの方だ。

絢斗さんにはめてもらったエンゲージリングがお守りのように思えて、右手でギュッと左手を握る。

振袖を着たあのパーティーは緊張しなかったが、今は手に汗をかき、かなり緊張している。

とにかくおばあさまに迷惑がかからないようにしないとね。

世界に名だたるデパートの創業者一族の奥さまの着物は、私の目から見ても高価であることがわかる。

絢斗さんはおばあさまが私を孫の婚約者として紹介するだろうと言っていたけれど、本当にそうなのか半信半疑だった。

まだおばあさまはほんの少し認め始めてくれただけだから。

そう思っていたが、おばあさまは旧友に、孫の婚約者と私を紹介してくれた。

「まあ、素敵なお嬢さんですこと。パーティーでお孫さんが見初めたのは彼女なのねぇ。どうぞよろしくお願いいたしますね」

「こちらこそよろしくお願いします」

にこやかな女性で、私は少しリラックスできた。それとおばあさまが婚約者として紹介してくれたことがなによりも嬉しい。

あとはしっかり教わったことをやればいいだけ。

おばあさまと藤岡さまは〝キヨちゃん〟〝あやちゃん〟と呼び合う仲で、楽しそうに茶室へと続く廊下を進む。私と翠子さんはふたりのあとについていった。

ずらりと並んだ座布団に招待客が座っている。

おばあさまは招待客を代表する正客《しょうきゃく》で、お茶を点《た》てる亭主の近くの座布団に座る。

私たちの立場は亭主と会話をしなくてもいい三客《さんきゃく》で、末席の手前の席。

私は畳のヘリを踏まないように気をつけながら進む。末席には亭主と正客を知る人が座ると勉強した。

私たちは座布団の上に正座し、翠子さんが上品に末席に座る女性に頭を下げたところで、小さく驚きの声が口から漏れる。

「小百合さん……」

桜色の訪問着を着て、背筋を伸ばして正座をしている若い女性と翠子さんは知り合いのようだ。小顔でスラリとした、とても綺麗な人だ。

「お久しぶりです。翠子さん」

小百合さんと呼ばれた彼女は上品に頭をゆっくりと下げる。

「どうしてここに……」

翠子さんは茫然《ぼうぜん》として呟く。そんな彼女が心配になって、私はその腕に手を置く。

「翠子さん？　大丈夫？」

「え？　ええ……」

その声はまだショックから覚めていないように聞こえる。

彼女をそんな風にさせた女性は首を少し伸ばして私を見遣る。

「はじめまして。黒川小百合と申します」

にっこり笑みを浮かべて自己紹介される。

私は翠子さんが衝撃を受けた理由がわからないまま口を開こうとしたが、平常心を取り戻した彼女に遮られる。

「若奥さま、私がご紹介いたします。小百合さん、御子柴屋の若旦那さまの婚約者の里中澪緒さんです」

今度は小百合さんの方が唖然となった。

「絢斗さんの婚約者⁉」

「はい。あ、始まりますね」

翠子さんは驚いている小百合さんから顔を正面に向けた。

彼女は絢斗さんを知っているようだ。翠子さんはいつもとは違う様子だし……。

気になるけど、この静まり返った場所で声を出すこともできない。

今は集中しないと。

始まったお茶会に、私は気を引きしめた。


お茶会は和やかな雰囲気で進んでいった。私の順番は最後の方なので、ゆとりを持って済ませられたが、一番の敵は足の痺れだった。

三十分が経ち、ジンジン痺れる足をわからないように動かしなんとか耐えていた。

お茶会の終了を告げられたときには安堵感が広がったが、参加者が次々と立ち上がる中、私は立てない。

翠子さんは私の状態を察し素早く手を貸してくれ、なんとか立ち上がった。

「歩けますか？」

周りに聞こえないようこそっと小声で尋ねる翠子さんにコクッと頷く。

今は足首からつま先まで感覚がない。歩けているのかもわからなかったが、翠子さんの支えで歩を進める。

途中、よろけて柱に左足の指をぶつけてしまったが、翠子さんに助けられてぶざまに転ぶのを免れた。

「草履、履けますか？」

私たちは退出が最後の方で、すでにおばあさまは外に出ている。

「はい。なんとか」

何度もお稽古のたびに足を痺れさせていたけれど、今までで一番ひどい。

我慢をして草履を履いた。

そのとき、背後でクスッと笑い声がした。振り返ると、先ほどの女性——小百合さんが口元に手を当てていた。

「あ、失礼しました。御子柴屋の若奥さまになられる方が正座も満足にできないだなんて驚いてしまって」

翠子さんはムッとして一歩小百合さんの方へ近づこうとしたが、私が腕を引く。

「そうですね。ただいま勉強中なんです。老舗である御子柴屋に恥じないよう精進します」

私の言葉に小百合さんは一瞬怯《ひる》んだ顔になったが、気を取り直すように咳払いをした。

「ところで、絢斗さんはお元気？　私はAANを退職したの。今は藤岡さまの個人秘書になったんです。あ、いけない。お食事場所へお客さまをご案内しなくては」

AAN……って、あの航空会社の？

小百合さんは急ぎ足で玄関を出ていく。

「あの人、絢斗さんとお付き合いしていたとか……？」

「当たりです。三年前に一年ほど。とりあえずここを出ましょう」

私たちが外へ出ると、お茶会の参加者たちがゆっくり会話をしながらホテルへと向かっていた。おばあさまは先頭の方で藤岡さまと歩いているのが見える。

先ほどまで感覚のなかった足は、今度はジンジンとした痛みに襲われていた。

だがそれよりも小百合さんのことが気になる。

あんなに綺麗な人が恋人だったんだ……。

「歩けますか？」

「ごめんなさい。皆さんに遅れちゃっていますね」

「大丈夫です。食事の前にレストルームなどへ行く方もいるはずですから」

翠子さんの優しさにホッとしながら、ゆっくりあとを追った。

レストランの個室に到着する頃には足の痺れはほぼなくなっていた。でもなぜか左足の小指がズキンズキンと激しく痛む。

あ……、茶室を出る際に襖の柱にぶつけた……。

今は痛むけど放っておけば治るだろうと、自分の名前が書かれた席に座った。椅子であることに感謝する。

翠子さんは隣だ。そして小百合さんは対面に腰を下ろした。

おばあさまは藤岡さまと隣同士で、私から斜めにふたりほど挟んだ真ん中の席にいる。あんな笑顔のおばあさまを見るのは初めて。

楽しそうでよかった。

ふとおばあさまが絢斗さんと交際をしていた小百合さんを知っているのか気になった。

「翠子さん、おばあさまは彼女をご存じなのですか？」

小声で彼女に尋ねると、「はい」と頷く。

そっか……おばあさまとも会ったことがあるのね。

小百合さんの存在にも気づいているだろう。ふたりが話をしたかはわからないけれど、旧友の個人秘書であれば挨拶くらいはしたかもしれない。

左足の小指の痛みは脈打つようにどんどん強くなって、ホテルが誇る懐石料理を堪能するどころではない。

食べ終わったお皿が運ばれていくが、私の前には痛みでなかなか進まないお皿がたまっていく。

「若奥さま、冷や汗をかいていませんか？」

「翠子さん、さっきぶつけた左足の小指がズキズキ痛むの」

「それだけで冷や汗が出るなんて……ひどい打撲をしたのでは。いえ、もしや骨折を」

次の料理を運んできたスタッフに他のお皿をすべて持っていってもらい、煮物をひと口食べる。

翠子さんは心配そうな表情だ。

「レストルームで冷やしましょう」

「家に戻ってからで大丈夫」

痛みをこらえ、翠子さんに心配をかけないよう笑みを浮かべた。

食事会が終わり、参加者が次々と退室していく。

私も立ち上がったところで、翠子さんのスマホに電話が入った。彼女は部屋の隅に移動し、話をしてから戻ってくる。

「若旦那さまでした。若奥さまの足の怪我を申し上げましたら、ここへいらっしゃると。私が思うに血相を変えた様子でした」

「そんなに心配しなくてもいいのに。藤岡さまに今日のお礼を言いに行かなきゃ」

なるべく足を引きずらないようにしてレストランの外の廊下で談話中の藤岡さまのもとへ行く。おばあさまがそばにいたが、小百合さんも藤岡さまの隣に寄り添うようにして立っていた。

「藤岡さま、本日はお招きありがとうございました。とても素敵な会で楽しませていただきました」

私は藤岡さまに丁寧に頭を下げた。

「お話がたくさんできなくて残念だったわ。ぜひ拙宅《せったく》にキヨちゃんと遊びにいらしてね」

「ありがとうございます」

もう一度笑みを浮かべお辞儀をする。顔を上げた私の目に、こちらに歩いてくる絢斗さんが目に入った。

彼は濃紺のスーツに黒のカシミヤコートを手にしている。やはりスーツ姿の絢斗さんもかっこよくて、足の小指の痛みよりも胸がドキドキして痛いくらいだ。

「藤岡さま、ご無沙汰しております。本日はお世話になりました」

彼は私の横に立つと、魅力的な低音で挨拶をする。絢斗さんは小百合さんを目にしたはずなのに、表情ひとつ変えない。

その姿に私は安堵した。ふたりの関係がもう過去のものだと感じられたから。

「まあ、絢斗さん。お久しぶりね。いつもながら素敵だこと。ご婚約おめでとうございます。澪緒さんはとても可愛らしい方ね」

「ありがとうございます。彼女は可愛らしくて、努力家なんです。これからもどうぞご指導のほどよろしくお願いいたします」

藤岡さまは上品に口元を緩ませてからおばあさまと別れの挨拶をして、他の出席者のもとへ行った。だけど、小百合さんはその場から動かず絢斗さんを見つめている。

「絢斗、お久しぶり」

「ああ。なぜここに？」

彼の返事は素っ気ない。

「私、キャビンアテンダントをやめて藤原の奥さまの個人秘書になったの」

「そう」

それだけ言った絢斗さんは私の肩に触れる。相手にされなかった小百合さんは不満そうに口をきゅっと引き結び、雇い主の方へ去っていく。

「おばあさま、翠子。俺は澪緒を病院へ連れていきます」

病院と聞いておばあさまが首を傾げる。

「澪緒さんがどうかしたの？」

私の小指の負傷を知らないおばあさまに翠子さんが説明をしてくれる。

「絢斗さん、私なら平気です。このまま一緒に帰りましょう」

「いや、痺れているときにぶつけたんだろう？」

絢斗さんは私の草履を履いた左足へ視線を落とす。

「こうして見ても腫《は》れている。下手をすると骨折もあるからな」

「骨折……」

「絢斗さん、早く連れていきなさい」

おばあさまは心配そうな顔になって病院へ行くように促す。

「澪緒、行こう」

絢斗さんは体を屈めると、私の膝の裏に腕を差し入れ抱き上げた。

「あ、絢斗さんっ、見られたりでもしたら――」

「そんなことを言っている場合じゃない。それにすでに着物姿のご婦人たちは周りにいない。翠子、おばあさまを頼む」

「はい。若奥さまの状況報告をお待ちしております」

絢斗さんはエレベーターに乗り、地下駐車場に停めた車へ向かった。

正直言って、彼に抱き上げられて助かった。一歩歩いただけで、心臓にまで響くような痛みが走っていたから。

ホテルの地下駐車場に停めた車は逆輸入車のラグジュアリーなSUV車だった。ブラックオパールの艶やかな車体で、いつも邸宅のパーキングに停められているのを目にしていたけれど、乗せてもらうのは初めてだ。

助手席に私を座らせた彼は慎重に左足の草履を脱がす。やはり腫れているようで、脱がされるとき痛みに顔が歪んだ。

「すまない。痛かったか」

「ううん。どっちにしろ脱がないと」

「すぐに病院へ連れていく」

絢斗さんは助手席のドアを閉めると、車の前を回って運転席に座った。

エンジンをかけたSUV車は静かに地下駐車場を出て、病院へと走り出した。


土曜日の十四時を回っていたため、絢斗さんは救急外来用の入り口に車を止めた。

病院に到着する五分ほど前に誰かに電話をしていたおかげなのか、待っていた看護師にすぐに中へ案内される。

その間、絢斗さんは私を抱き上げてくれていた。

足音が聞こえたのだろうか、診察室のドアが中から開いて、若そうな医師が顔を見せた。

「壮二、悪いな。診てくれ」

「もちろん。まずはレントゲンを撮ろう。君、レントゲン室に案内して」

壮二と呼ばれた医師は看護師に指示を出す。

「こちらへどうぞ」

絢斗さんに抱き上げられたまま看護師のあとをついていき、私はレントゲン室の台に座らされた。

絢斗さんが退室し、レントゲンを撮ったのち再び抱き上げられて診察室に戻った。

足袋を脱いだ足の小指はびっくりするくらい腫れていた。

「壮二、どうだ？」

絢斗さんは、レントゲンの画像をモニターに映して診ている医師に尋ねる。壮二と気安く名前を呼ぶからには友人のようだ。

「う～ん……、ヒビが入っているよ。固定をして全治三週間といったところだな」

「ヒビでも大怪我だな」

私のうしろに立つ絢斗さんの口からため息が聞こえた。

「ああ。骨折にしろ、ヒビにしろ、痛いことには変わりはない。澪緒さん、大変だったね」

「自分の不注意だったので……」

「ずいぶんしおらしいんだな」

絢斗さんは壮二先生が見ているのに、私の頬をそっと撫でる。その途端、壮二先生からため息が漏れる。

「若旦那のデレッとした顔は初めて見るよ。まったく、来てくれるのは構わないが、怪我で紹介されるよりも美味しいフレンチレストランで会いたかったな。朝陽も初めて砂羽さんに会わせてくれたのは、彼女の腱鞘炎《けんしょうえん》を診せに連れてきたときだ。同じパターンだな」

「近いうちに紹介したいと思っていたが、これぱかりは仕方がない。極力痛まないように固定してくれ」

「もちろん」

壮二先生は看護師に指示を出す。

私はふたりの仲のよさに、どんな関係なのだろうと首を傾げる。

「しおりんが言った通り、本当に美人ちゃんだな」

「しおりん？」

「あ、俺の妹なんだ。君たちが出会ったパーティーに母と出席していたんだ。若旦那が美人ちゃんを見初めていたと」

「それなら……妹さんは絢斗さんと結婚したかった……？」

そう言うと、壮二先生はブンブン頭を左右に振る。

「しおりんは既婚者だよ。あのパーティーはそういった場でもあったが、純粋に御子柴屋のご贔屓の顧客も招待されていたんだ。ま、それが名目上だったけどね。独身でイケメンの若旦那の目に留まろうと娘や孫が集まったんだ」

「澪緒、俺と壮二は幼稚舎からの悪友だ」

「お医者さまだなんて、優秀なお友達がいたんですね」

壮二先生が「ぶはっ」と吹き出すように笑う。

「優秀なお友達か。澪緒さん、ありがとう」

にっこり笑った壮二先生はヒビの入った小指にテキパキと治療を施した。


自宅に戻った私たちを、おばあさまと翠子さんが玄関で迎えてくれた。

病院を出てすぐに絢斗さんが翠子さんに電話をかけて、病状を説明していた。

車を降りてから玄関まで絢斗さんが抱いて運んでくれており、下ろしてもらったところだった。

「澪緒さん、痛いでしょう。気をつけてお上がりなさい」

不注意で怪我を負った私におばあさまはお怒りだと思っていたので、心配されてしまい拍子抜けだ。

リビングに入ったところで口を開く。

「おばあさま、若旦那さま、私の不注意で申し訳ありません」

頭を下げる私におばあさまが近づいて手を取る。

「今日は人数も多かったから、いつもよりも正座をする時間が長く大変だったわね。

澪緒さんの努力はわかっているのよ。今は足を治すことを優先に、安静になさいね」

「おばあさま……」

思いがけない優しい言葉に目頭が熱くなった。

「ありがとうございます。ご迷惑おかけします」

「夕食は二階に用意させますから、着替えたらゆっくりしていなさい」

「はい。おばあさま。翠子さん、今日はありがとうございました」

翠子さんがそばにいてくれたおかげで、お茶会に水を差さずに済んだ。

彼女はにっこり笑みを浮かべてねぎらいの言葉をかけてくれた。


その夜、二階のリビングで私と絢斗さんは夕食をいただいた。

ここで食事をするのは初めてで新鮮だ。

私たちふたりともパーカーにジーンズ姿といったカジュアルな服装で、すき焼きをつつきながら、彼は壮二先生ともうひとりの悪友だという朝陽さんの話をしてくれた。

朝陽さんはＡＡＮの最年少機長だとかで、三人が揃ったらすごい面子《メンツ》だ。

頭の片隅では小百合さんの存在が気がかりだったが、今日の絢斗さんの態度は彼女にそっけなく、なんら心配する必要がないのだと自分に言い聞かせていた。

「そうだ。お父さんの会社だが、経営立て直しの専門家を入れることになった」

「マネジメントコンサルタントを?」

「ああ。会社を再構築させる。ただし御子柴屋とは関係を持たせず、俺個人が出資する」

「ええっ⁉　個人出資を?　それって大金じゃ……」

驚いてしまって唖然となる。

「俺の大学時代の友人が最高の専門家なんだ。奴が入って立て直せなかった企業はない。だから今回も心配していない」

「絢斗さん……」

「仕方がないだろ?　西澤社長が縁結びの神なんだからな。それに父親を突き放したことで澪緒が悩んでいたのも知っている」

悩んでいる姿を無意識に見せてしまっていたみたいで反省する。

「絢斗さん、ありがとうございます。そのお友達にもよろしく伝えてくださいね」

彼は端整な顔に麗しい微笑みを浮かべて、グラスに半分ほどあったビールを口にした。

幸せな日々

十二月に入り寒さが厳しい。

怪我をしてからの私は着物を免除されて、絢斗さんが購入してくれた綺麗めなワンピースで過ごしている。

二週間経つと痛みは軽くなり、社長室での勉強が許された。

「だいぶ上達したな」

筆ペンで挨拶文を練習していると、商談から戻ってきた絢斗さんが覗き込む。

「本当？　上達した？」

「しているよ。そうだ、澪緒。金曜日の午後に病院へ行こう」

「はい」

もうすぐ壮二先生が診断した三週間になる。固定が取れるといいな。

「お茶を飲もうか」

「あ、私が淹れてきます」

「いや、俺が淹れてくる。澪緒はいつも飲んでいるやつ？」

「はい。ルイボスティーを」

「ＯＫ」

絢斗さんは私に座っているように念を押して社長室を出ていった。

そして金曜日の午後、絢斗さんの車で一条総合病院へ向かい、壮二先生の診察を受けた。

レントゲンを撮り、画像で骨の状態を確認して、壮二先生は笑みを浮かべる。

「ヒビは完全にくっついたよ。澪緒さんは二十二歳か。若さのおかげかな」

「よかった。ありがとうございました」

「とりあえずあと一カ月くらいは無理をしないようにね」

「はい」

「ところで結婚式はいつ？」

え？　いつ……？

私はうしろに立つ絢斗さんを仰ぎ見る。

「気候のいい五月に予定している」

そんな話は今までなかったから私は驚いた。

「そうか……俺、二月から半年間シカゴの病院へ勉強しに行くんだ。結婚式にはなるべく戻ってくるようにする」

「半年か。無理しないでいいからな」

「えーっ、若旦那のいけずぅ。またつれない態度を取るんだからぁ」

「気持ち悪い言葉遣いをするな。じゃ、行く前に壮行会開いてやるよ」

「おーっけい！」

壮二先生の言葉はわからないところもあったけれど、ふたりの会話がおもしろい。絢斗さんは完全に壮二先生をいじっている。

私たちは診察室をあとにした。会計で支払いを済ませ、駐車場に向かう足取りは固定されていたときと違って軽かった。

陽が落ちて薄暗くなってきている。絢斗さんが運転する車は、日本橋のデパートの前を通り過ぎる。

ふと窓の外を見ると、ショーウインドーにはクリスマスのディスプレイがされていて、道路の街灯にも赤や緑のクリスマスカラーのペナントがぶら下がっていた。

そういえば、明日がクリスマスイブだということに今気づいた。ああっ！　みんなのクリスマスプレゼントを買っていない！

怪我をしてからはほとんど自宅で過ごしており、ショッピングへは行けていなかったのだ。

どうしよう……。

「絢斗さん、うちに着いたら出かけていい？」

「出かける？　どこへ行きたいんだ？」

そう聞かれて困ってしまい、視線を泳がせる。

「えっと、おばあさまや翠子さん、江古田夫妻にクリスマスプレゼントを買いたくて」

「ふ～ん。俺は入っていない？」

少し拗ねたように聞こえるのは気のせい？

「もちろん入ってるわ」

絢斗さんはふっと口元を緩ませる。

自宅が見えてきた。絢斗さんは駐車場に一度バックで車を入れたあと、エンジンを切らずに再び車を動かす。

「俺も一緒に行く」

「でもお店は？」

「今日は商談も入っていないから問題ない」

絢斗さんは言い切り、デパートの駐車場に向けて車を走らせた。

いつもは外商を通して買い物をする絢斗さんは、贔屓のデパートなのに、何階になにがあるのかまったく知らなかった。

まずは、おばあさまのプレゼントから探すけれど、いつも和装のおばあさまになにをあげたらいいのかわからなくて困った。和装の小物などを買ったりしたら、『うちにも売っているのに』なんて言われそうだ。

考えた末、おばあさまに似合いそうな色のリップと和菓子にした。おばあさまの好きな和菓子は絢斗さんが知っていて助かった。

彼の分を除いて買い終え、エレベーターを待つタイミングで、ショッパーバッグを持ってくれている絢斗さんに向き直る。

「絢斗さん、先に戻ってもらってもいい?」

「なぜ? 俺のを選ぼうとしている?」

私はコクッと頷く。

「俺のプレゼントはいらない」

「澪緒、明日から京都に旅行を計画している。君との時間が俺へのプレゼントだ」

「京都に旅行⁉」

思いがけない京都旅行のサプライズに、絢斗さんのコートの袖を掴み破顔する。

「前回、行きたそうだったからな」

「行きたいわ！　楽しみ！　あ、でもそれは私からのプレゼントにならないよ」

絢斗さんは意味ありげにクッと笑う。

「どうだろうな。もう帰ろう。治ったばかりで長時間歩くのはよくない」

彼の手が私の肩に触れ、やってきたエレベーターに乗るよう促された。

クリスマスは過ぎちゃうけど、また後日に買いに来よう。


翌日の新幹線は、十時過ぎの東京駅発。時間に余裕があって、出かける前におばあさまに昨日用意したクリスマスプレゼントを渡す。

「まあ、澪緒さん。ありがとう。実は私もあなたにあるのよ。でもまだここにはないの。京都で受け取ってね」

「京都で……？　はい。わかりました」

翠子さんと江古田夫妻にもクリスマスプレゼントを渡した。最初はぶっきらぼうに感じられた利幸さんだけど、最近は私への表情も柔らかくなっている。実は人見知りなのだと芳子さんから聞いていた。

それから私たちは京都へ向かった。初めての京都にウキウキする気分がずっと続いている。それは隣に絢斗さんがいるのもあるけれど。

これから二泊三日。思う存分あちこちのお寺や街を観光して楽しみたい。

二時間半後、京都駅に降り立った私たちは待っていたハイヤーに乗って、私の希望通り、夕方まで観光地を巡った。

中でも伏見稲荷大社《ふしみいなりたいしゃ》の鳥居《とりい》は圧巻で素晴らしいと思った。

美味しい懐石料理のランチも食べ、初日の京都観光を楽しんだ私たちは今夜のホテルへと向かう。

ハイヤーは竹林が左手にある並木道を進んでいく。その先にホテルがあるらしい。

史跡がひしめき合った京都なのに、そこは静寂に包まれていた。

美しい日本庭園には池があり、旅館のような趣のある和モダンのエントランスや風《ふう》光明媚《こうめいび》なロビー。案内された部屋はスイートルームのようで、落ち着ける空間が広がり、窓からは日本庭園が見渡せた。

「なんて素敵な部屋なの！」

案内してくれたホテルスタッフが立ち去ると、ブラウンの暖かいコートを着たまま室内を見ていく。

絢斗さんとふたりきりになって恥ずかしいのもあって、じっとしていられなかった。リビングの壁にかかったテレビのうしろはベッドルームで、そこをチラ見して胸を暴れさせながら窓辺へ近づいた。

その間絢斗さんはリビングのテーブルの上に置かれたものを確認していたが、私の落ち着きのなさが意味するものがわかっているのか、なにやら顔を緩ませている。

窓を開けてテラスに出ようとしたとき、いつの間にか背後に来ていた絢斗さんの腕が回った。

「澪緒」

「あ、絢斗さん、今テラスに――」

「普段は緊張しないのにな」

「き、緊張なんて……」

声が上ずっているのがバレバレで、絢斗さんの心地いい笑い声が耳をくすぐる。

「澪緒の気持ちが手に取るようにわかるよ」

「う……ん、ふたりきりになったら無性に恥ずかしくて……」

「そんなに可愛すぎるのは反則だ」

私のこめかみに唇を落とした絢斗さんは、長い指でコートのボタンをひとつずつ外していく。

その間、痛いくらいに暴れる胸の鼓動がおさまるように息をひそめていた。

コートが脱がされ、手を引かれてリビングのソファへ連れていかれる。コートはソファの上にポンと置かれ、私は座らされた。

改めてテーブルの上へ視線を向けると、金色の大きな箱が置かれていた。その箱を絢斗さんは開けて、薄紙をさらにめくる。

白無垢《しろむく》だった。最近、結婚情報誌などを見ていたのですぐにわかった。

「おばあさまからのクリスマスプレゼントだ」

「え？　おばあさまから？」

「ああ。澪緒はおばあさまに御子柴の孫嫁として認められたんだ」

最近は優しくなったおばあさまだけど、まだまだ孫嫁として認められるに至っていないと思っていた。

おばあさまの気持ちに私の胸がじんわりと熱くなって、涙が頬を伝う。涙を絢斗さんがハンカチで拭ってくれる。

「嬉しい……」

もっともっと、御子柴家の孫嫁として頑張ろうと強く思う。

「これはうちの工房で作らせたもので、いつか孫の嫁に着させようと仕立てていたらしい。俺も知らなかった。そのときが来たらと、用意をしていたんだ。澪緒、立って」

絢斗さんは箱から白無垢を取り出して、羽織らせてくれた。

白無垢は金糸や銀糸で鶴や鳳凰《ほうおう》が描かれていて、華やかで重厚感のあるものだ。

「すごく美しい白無垢……」

裾へと続く流麗な柄にうっとりとする。

「白無垢を打ち掛けた君は言い表せないほど綺麗だ。本番が楽しみだな。白無垢、色打掛、ウエディングドレス、色ドレス、全部着てほしい。綺麗な澪緒を見せびらかしたい」

「ふふっ、そんなに着られるわけがないのに。泣かないように冗談を言って笑わせてくれるのね」

「いや、大真面目だ」

絢斗さんは私の黒髪へ手を伸ばし梳いてから、白無垢を脱がせた。

白無垢はソファの上へ置き、私を抱き上げる。

「きゃっ」

慌てて絢斗さんの首に腕を回すと、口元を緩ませた彼がキスをする。それから熱を孕《はら》んだ瞳で見つめる。

「もう待てない」

「ん……」

おばあさまに認められ、絢斗さんに褒められ、羞恥心《しゅうちしん》はあったが、彼に愛されたい気持ちで胸を高鳴らせている。

お姫さま抱っこでベッドルームへ連れていかれ、ラグジュアリーなベッドに寝かされた。下ろされてからもキスはやまず、どんどん深くなっていった。

キスをされ、節の高い長い指で着ていた服を取られていき下着姿になった。

すべてを晒すのは恥ずかしい。両手で全身を隠そうとする私の手が退かされる。

「ダメだ。綺麗なんだ。余すところなく目に焼きつけたい」

「絢斗さん……」

彼はギュッと抱きしめてから、自分の服を脱ぎ、『もう待てない』と言った言葉を実行する。

繊細でいて時折荒々しくもなる愛撫《あいぶ》。今まで経験したことのない波にのまれ、何度も高みにもっていかれた。

「っ……はぁ、澪緒。愛している。これからは寂しい思いはさせない」

絢斗さんへの想いがこみ上げ、目尻に涙が伝う。流れる涙を彼は唇で拭ってくれる。

「泣き虫になっちゃった」

これからは大好きな人が守ってくれる。私も精いっぱい絢斗さんを支えられる女性になれるように頑張ろう。

「澪緒の中はたまらなく気持ちいい」

絢斗さんは額に口づけると、私をさらに快楽の世界へ連れていった。


その夜、ホテルのメインダイニングで食事を始めたのは二十一時を回ってから。

絢斗さんに愛され、気だるい感覚のまま漂っていたかったけれど、今日はクリスマスイブだ。素敵なディナーも楽しみたい気持ちが勝ち、絢斗さんがあらかじめホテルへ送ってくれていた荷物の中から、薄紫のレースが施された膝下のワンピースを身につけた。彼もチャコールグレーのスーツを着ている。

「行こうか」

「はい」

私は絢斗さんの腕に軽く手を置いて、まだ彼に愛されて疼《うず》く体を気にしないようにしてにっこり笑う。

今夜はこれ以上ないほどの素敵な時間になると確信している。

数組が食事をしているレストランへ赴き、対面に座った私たちはシャンパンで乾杯する。

「明日が楽しみ。竹林や日本庭園を散歩したいわ。それに今日行けなかった清水寺《きよみずでら》とか八坂神社《やさかじんじゃ》にも――」

なぜか絢斗さんが笑っている。

「どうして笑うの？」

「明日どうだろうな。一日中ベッドから出したくないな」

「えっ？」

シャンパングラスを手に持った絢斗さんにまっすぐ見つめられ、やっと落ち着いた鼓動が再び暴れだす。

「だが、澪緒の頼みなら全力で楽しませるとしよう」

ホッと安堵したところで、前菜が運ばれてきた。

鮭《さけ》のマリネはサワークリームとレモンのソースが爽やかだ。レンコンのクラムチャウダーも初めて口にしたけれど、なめらかでコクがあってとても美味しい。ホタテのタリアテッレに、メインはシャトーブリアンの赤ワインソース、ロブスターのグリルと大変贅沢なメニューだった。

「絢斗さん、こんなに素敵なホテルに連れてきてくれてありがとう」

お礼を言う私に、絢斗さんは麗しい笑みを浮かべた。


「あーお腹いっぱい。美味しかったぁ」

シャンパンも数杯飲んだし、食べすぎてしまった。

部屋に戻った私は満足の声をあげた。幸せすぎて、足取りもふわふわしている。

「澪緒」

絢斗さんは赤いリボンのかけられた細長い箱を差し出す。

「これは……？」

「俺からのクリスマスプレゼントだ」

「この京都旅行がプレゼントだと思っていたのに……絢斗さん、甘やかしすぎ」

「甘やかしたいのだからいいだろう？　開けてみて」

ハイブランドの箱にかけられた赤いリボンを取って蓋を外す。入っていたのは、ピンクゴールドの鎖に大小のダイヤモンドが五つ連なるネックレスだった。

「なんて綺麗なの……こんなに素敵なネックレスは初めて……」

ため息が漏れる。

「気に入った?」

「もちろんよ。絢斗さん、つけて」

彼がつけやすいように髪を手でまとめる。

背後に回った絢斗さんがネックレスをつけ、うなじに唇を当てた。

ワンピースのファスナーが下ろされるのがわかってビクッと肩が跳ねる。

「絢斗さん……」

「もう澪緒が欲しくなった」

腕が袖から抜かれ、するりとワンピースが足元に落ちる。彼の目に再び下着姿を晒すことになってしまった。

恥ずかしさを隠すように、私は彼のネクタイの結び目へ手を伸ばした。

二泊三日の京都旅行は始終甘くて、楽しくて、素敵な時間だった。

そして瞬く間に大晦日《おおみそか》に。

絢斗さんとおばあさま、江古田夫妻と一緒に除夜の鐘を聞きながら年越し蕎麦《そば》をいただいたあと、ふたりで初参りに近くの神社へ行く。

私は緋《ひ》色の小花を散らした小紋の着物を着て、ファーの羽織りもので暖かくしている。絢斗さんは、奄美大島《あまみおおしま》だけに伝わる泥染《どろぞ》めで染色された純泥黒の大島紬《おおしまつむぎ》だ。

真夜中なのに人がたくさんいて驚いた。参道には屋台がずらりと並んで、食欲をそそるいい匂いが漂ってくる。

「絢斗さん、これが日本の大晦日なのね」

「ああ。ロスではどんな風に？」

「特に……つまらなかったかな。友人たちとパーティーをするか、自宅で映画を観るくらいだったから」

手をつないで参拝の列に並びながら、私は絢斗さんの手を持ち上げてにっこり笑う。

「だから、今は言葉にできないくらい幸せよ」

「俺もだ」

私が持ち上げた彼の手に引っ張られ、甲にキスが落とされる。

心が温かくて、寒さなんて気にならなかった。

参拝を済ませておみくじを引く。

「これは……微妙な感じ……？」

私が引いたおみくじを絢斗さんが覗き込む。

「吉か、大吉の次にいいよ」

彼はそこに書かれてあった内容を読んで説明してくれた。

「次は絢斗さん。どうだった？」

「俺は凶だ」

「え？　凶って、いいの？　悪いの？」

尋ねる私に彼は笑みを浮かべておみくじを細長く折り始める。

「これ以上悪くなることはないってことだろう。澪緒はどうする？　こうして折って
ここに結び、さらなる加護を願う風習があるんだ」

これ以上悪くなることはないってこと？　凶は悪い意味なのね。

こんなに幸せなのに。心に不安が広がる。

「私も結びたい」

絢斗さんが結んだ隣に、私も折ったおみくじを結びつけた。

日本のお正月には昔から憧れがあった。

家族みんなでお屠蘇《とそ》やおせち料理をいただきながら健康と幸せを願う。まさに私が想像していた家族団欒の光景だった。

のんびりと三が日を過ごし、四日から御子柴屋は通常営業だ。

五月中旬に挙げる結婚式の準備も始まり、仕事に勉強にと、毎日を楽しく過ごしていた。

結婚式はまだ少し先だけど、二階で暮らす私たちは新婚のような甘い生活を送っている。

二月に入り、私と翠子さんはおばあさまのお使いで昼食後、銀座へ赴いた。

息抜きに、大通りが見渡せる二階のカフェで、ホットコーヒーとふわふわのパンケーキを頬張っている。

「んーっ、信じられないくらいふわっふわ」

メープルシロップと生クリームが、パンケーキをさらに美味しくさせている。

「はい。もう一枚くらいペロッといけそうですね」

翠子さんは小さく切ったパンケーキを口に運ぶ。私のひと切れは彼女の倍ほどの大きさだ。

ふと窓の外を見下ろした私は着物姿の男性に目が留まった。

「あれは、絢斗さん？」

私たちが出かけるときは社長室にいたはずだ。

「え？」

翠子さんも窓に顔を近づけて下へ視線を向ける。

そこで一緒に歩いている女性に気づく。

どこかで見たことがある……。

「若旦那さまですが、え？」

翠子さんにも女性と一緒にいるのがわかったのだろう。小さく驚きの声をあげた。

「翠子さん、あの女性どこかで見たような……」

「藤原さまのお茶会でお会いした小百合さんです」

「絢斗さんの恋人だった人？」

あのときは着物姿で髪を結っていたからわからなかったが、そう言われてみれば彼女だった。

もう一度確かめようとしたところで、ふたりはタクシーに乗ってしまった。

「どこへ行くんだろう……」

「若奥さま、気にする必要はないと思います」

きゅっと眉根を寄せた私に、翠子さんは自信ありげだ。

「どうして？　以前は好きで付き合っていたんだから、ありえなくもないと思うの」

「おふたりが別れたのは小百合さんの執拗《しつよう》な独占欲のせいです」

「独占欲？」

「はい。大奥さまはおふたりの結婚を心待ちにしていたのですが、突然お別れされて。理由を聞かずにはいられない大奥さまに、若旦那さまは小百合さんの独占欲が原因だと」

絢斗さんをずっと独占したい気持ちはわからなくもない。

「ですから、若奥さま。それだけはお気をつけくださいね」

「独占欲をあらわにしてはいけないってこと？」

どういうことなのかわからなくて、首を傾げて翠子さんに尋ねる。

「はい。これまで若旦那さまに恋人がまったくいなかったわけではありません。名門の御子柴屋の跡取りで、日本橋一帯の土地を所有する方を女性たちは放っておきませんから。彼女たちは早く結婚までこぎつけたいと、若旦那さまがお仕事でお会いになる女性にも嫉妬を向けられ、そんな言動に若旦那さまは嫌気が差し、別れていました」

「えっ？　日本橋一帯の土地の所有者？」

「はい。ご存じなかったのでしょうか？」

「うん」

だから出会ったとき、一億円でも払うなんて言ったのね。それに父の会社にも個人出資を。

「……小百合さんとは会わなくてはならない用事があったのかもね」

「ええ。そうだと思います」

こんなに愛し合っていても、私が独占欲を見せたとしたら……絢斗さんは私を嫌いになっちゃうの？

疑問が頭の中を巡り、それを払拭するために残りのパンケーキを口にした。

日本橋駅に着いたのはそれから三十分ほど経ってから。駅から徒歩七分のところにある御子柴屋へ向かう。

店舗が見えてきたとき、中から絢斗さんが出てきて、そのあとに小百合さんが姿を見せた。その姿にドキッとして和菓子屋さんの前で足を止める。

翠子さんは立ち止まり振り返る。

なさそうだ。

「若奥さま？　行きましょう。気にすることはないですよ」

あれからそれほど経っていない。小百合さんと会った時間は嫉妬に値するものでは

でも……。


「翠子さん、私だけちょっとお店に立ち寄ったことにして」

ふたりに会わない方がいい。どんな顔をして会えばいいのかわからなかった。

クルリと向きを変えて今来た道を引き返す。

「あ！　若奥さまっ！」

うしろを見ないようにして着物の裾を気にしながら早歩きで大通りに向かう。

「澪緒、どこへ行く！」

背後から絢斗さんの声が聞こえた。

「澪緒！　待て！」

強い口調に、大通りの手前の角で私は足を止めて振り向く。そのとき、こちらに向かってくる赤い車を目の端に捉えた。

一時停止車線がある。けれど赤い車は止まらなくて――。

「危ない！」

私の腕が絢斗さんに掴まれた。そのまま強く引かれて、体をふらつかせた次の瞬間、信じられない光景に悲鳴をあげた。

ドン！と鈍い音が響き、絢斗さんが車にはね飛ばされたのだ。

――キキキキキ――ッ！

絢斗さんをはねた車は街灯にぶつかり止まった。

「いやーっ！　絢斗さんっ‼」

私は地面に倒れている彼のもとへ走り寄り声をかける。

「絢斗さん、絢斗さんっ」

絢斗さんは目を開けてくれない。

死が脳裏をよぎり、恐怖でブルブル震える私のもとへ翠子さんが駆け寄る。

「救急車を呼びました。若旦那さま、若旦那さま！」

「絢斗！　目を開けて！　絢斗！」

小百合さんも駆けつけ、みるみるうちにその場に人が集まってきた。

救急車で近くの大学病院へ運ばれた絢斗さんに付き添い、検査室の前のベンチで微動だにせずドアが開くのを待っていた。

私のせいだ。私がいけない……。

事故で壊れた絢斗さんのスマホを両手で握り、どうか軽い怪我で済みますようにと祈る。

リノリウムの廊下をカツカツと歩く音がして、俯く私の目の前にベージュのヒールが立ち止まった。

「あなたのせいよ」

廊下に響くきつい声にハッとして顔を上げる。立っていたのは小百合さんだった。

「あなたが車にぶつかりそうにならなければ絢斗は無事だったわ！」

「……わかっています」

小百合さんに叱責を受けても、絢斗さんが心配でそれどころじゃない。

「若奥さま」

一度御子柴屋に戻った翠子さんが現れた。

「翠子……さん……」

彼女の顔を見たら我慢していた涙が溢れ出てしまい、ぐっと唇を噛みしめる。

「若旦那さまはまだ検査中なのですか？」

「そうなの。まだなんとも……」

そこへ検査室のドアが開き、ストレッチャーに横たわった絢斗さんが出てきた。

そばに白衣を着た男性医師が付き添っていて、私たちを見るとストレッチャーが止まる。

「脳波に異常はありません。上腕骨顆上《じょうわんこつかじょう》の骨折だけです」

医師の言葉に安堵した。

私たちの声に絢斗さんは瞼を開き、黒い瞳で医師を見て眉根を寄せた。

「俺は……」

なぜここにいるのかわかっていない様子だった。

「絢斗さん！」

私はストレッチャーの上にいる彼に近づく。笑顔で応えてくれると思った。

だけど――。

「君は誰？」

愕然として耳を疑った。

時が一瞬止まった感覚に襲われ、声を出すことができない。

翠子さんがすかさず「先生？　記憶が……」と尋ねる。

絢斗さんの視線が、私の横に立つ小百合さんへ向けられる。

「小百合、俺はなぜここにいる……？」

小百合さんはギプスをしていない彼の左手を握る。

「絢斗、事故に遭ったの。心配したわ。骨折だけで済んでよかった」

彼女はそう言って、小さく微笑みを浮かべる。

違う。骨折だけじゃない。絢斗さんは私を覚えていない――。

私はじりっとストレッチャーから離れる。困惑する顔を翠子さんに向けると、彼女も言葉を失っていた。

一過性全健忘症。

絢斗さんはここ三年ほどの記憶を失っていた。

小百合さんと付き合っている頃までは覚えているようだ。

再び検査が行われた結果、彼は小百合さんと今も恋人同士だと認識していることがわかった。

医師から三年が経っていると教えられたが、それが絢斗さんにとってものすごいストレスになったようで、ひどく困惑していたらしい。

おばあさまと翠子さんは絢斗さんにすべてを話そうとしたけれども、医師からの忠告があり諦めたのだ。愛していると思っている相手と別れたことを告げて、混乱させないほうがいいと助言されたから。

そして今でも愛していると記憶に刻まれた小百合さんが絢斗さんのお世話をすることになった。

私はおばあさまの付き添いで時々しかお見舞いに行けない。

そのときに、私は御子柴屋の従業員で、車にひかれそうになったところを絢斗さんが助けてくれたのだと説明した。私の顔を見ても記憶を取り戻してはくれず、お見舞いに行くたびにショックで重い気分に襲われていた。

小百合さんが絢斗さんを諦めていないのはあからさまで、藤原さまの個人秘書を休職し、入院する彼のもとへ献身《けんしん》的に通っている。

入院から二週間経つが、このまま彼の記憶が戻らなかったらと思うと怖かった。

あの日、絢斗さんと小百合さんが会っていた理由はわかった。藤原さまが注文した帯を絢斗さんが届けに行ったのだ。そこで藤原さまから追加注文が入り、小百合さんと一緒にタクシーで店へ戻ってきたのだと、直治常務が教えてくれた。

絢斗さんは小百合さんをお客さまとして見送っただけ。私が余計な気を回さずに、平常心でふたりのもとへ向かっていればこんなことにならなかったはず。

ふと、おみくじで彼が引いた凶を思い出す。

「はぁ〜」

思わず重いため息を漏らす。

社長室で、絢斗さんのお見舞いをいただいた方々にお礼状をしたためているが、いっこうに進まない。

そこへドアがノックされ返事をすると、おばあさまが姿を見せた。おばあさまの姿に驚いて、椅子からガタッと音を立てて立ち上がる。

「澪緒さん、お座りになって」

おばあさまは私の隣の椅子に腰を下ろす。

孫の怪我でいつもの威厳を滲ませた表情は影をひそめている。

「お礼状を書いていたのね。上手になったこと」

褒めてもらえたのは嬉しいが、私の沈んだ心は晴れない。

「澪緒さん、今回のことで自分を責める必要はないのよ。きっと記憶も取り戻すわ。今は付き添えなくて可哀想だけど、絢斗さんが愛しているのはあなたですからね」

「……はい」

「絢斗さんの退院が三日後に決まったの」

シュンとなっていた顔が明るくなる。

「本当ですか？　退院を？」

「ええ。でも少し問題があって」

「問題？」

大事なのだろうかと心配しながら、おばあさまを見つめる。

「今はまだあなたを思い出していないでしょう？　二階の部屋にあなたがいると混乱させてしまうと思うの。絢斗さんが記憶を取り戻すまで、下の部屋で暮らしてほしいのよ」

「あ……」

おばあさまの言葉はその通りだった。彼を思って自分が婚約者だと伝えていないのだ。病院へはおばあさまの荷物持ちとして同行しているに過ぎない。

「わかりました」

「澪緒さん……私はあなたを見ていると不憫でならないの。いっそ絢斗さんにすべてを話そうかと」

「お、おばあさま、それはダメです。お医者さまが自分から思い出すまで刺激を与えない方がいいと言っていたじゃないですか」

おばあさまの表情は暗くなる。心労をかけてしまい、申し訳ない気持ちでいっぱいだ。

「でも話さなければ、あなたのお部屋に小百合さんが頻繁に泊まりに来ると思うの。絢斗さんも小百合さんがいてくれると助かると言っていたし」

「それでも……絢斗さんを苦しめたくないんです」

翠子さんが以前言っていた。小百合さんは嫉妬深い性格だから、ボロが出てすぐに絢斗さんは彼女に嫌気がさすだろうと。

でもこのまま絢斗さんの記憶が戻らず、小百合さんと結婚しようという気持ちになったら……そう思うと胸が締めつけられて痛む。

「……絢斗さんの記憶を取り戻すためです。私には見守ることしかできません」

「ありがとう。早く記憶が戻ることをご先祖さまにも毎日お願いしていますからね。きっと戻るわ」

おばあさまは私の肩にそっと手を置いて社長室を出ていった。

離れる心

絢斗さんが退院する前日、私は自分の荷物を一階の空いていた和室に移した。

おばあさまの計らいでベッドも移動してくれていた。あの部屋にベッドがあるのを見たら、絢斗さんが混乱するだろうと考えてのことだ。

小百合さんが入院している絢斗さんの荷物を持って現れた。江古田さんが明日の退院時に付き添って持ち帰ると言ったのに、彼女は『私に任せてほしい』と強引にやってきたのだ。明日、身軽に退院するためらしい。

「絢斗とあなたって、こんなに近くで暮らしていたのね」

小百合さんがおもしろくなさそうに部屋をぐるりと見回す。

京都旅行から戻ってからは絢斗さんのベッドで眠っていたが、それをあえて口にはしない。小百合さんの言葉はいちいち私の心を傷つけるから。

「絢斗さんの骨折の具合は？」

「だいぶよくなっているわ。あの事故で彼には怪我をさせてしまったけれど、記憶が抜け落ちてくれて私にはラッキーだったわ」

「ラッキーって言い方はひどいんじゃないですか?」

「あら本当のことじゃない。たいした怪我を負うこともなくあなたのことを忘れて、以前の関係に戻れたんですもの」

小百合さんは赤いリップで塗られた唇をにやりと歪める。

「たいした怪我? その言い方はひどいです。絢斗さんの記憶は戻ります。そのとき、あなたは自分を騙したと責められるかもしれないわ」

「ふふっ、そのときはいつ来るかしらね。彼の記憶が戻るまでに、私を深く愛するようにするわ。だからあなたはまた絢斗に愛されるなんて望みを持たずにこの家から出ていきなさいな」

本当にそんなことになってしまいそうで、私の心にはいつも不安が広がっている。

「じゃあ、今日は失礼するわ。明日は絢斗を迎えに行って、泊まらせていただくわね」

「えっ?」

私は心臓を跳ねさせた。

「だって、私たちは恋人同士なのよ? 三年間の記憶がないのだから困惑するかもしれないじゃない。私がいれば落ち着けるわ」

「でも彼にとってここは住み慣れた場所だから困惑だなんて……」

小百合さんはバカにしたような笑い声をあげた。

「どれだけおバカさんなの？　絢斗が一緒にいてほしいって言っているの。じゃあ、帰るわね」

茫然となった私をその場に残し、小百合さんは出ていった。

「うっ！」

急に吐き気がこみ上げてきて、二階のトイレに駆け込む。

昼食に食べたものを吐き出してようやくひと息つけた。

小百合さんが言ったことを想像しちゃダメ……。


翌日は木曜日。絢斗さんの退院に立ち会うこともできず、店舗で仕事をしている。

もうお屋敷には着いた？

先ほどの商談で広げた反物を巻きながら、絢斗さんが頭から離れない。

ドアを開けたまま商談ルームで反巻きをしていると、なにやら直治常務やおばあさまの弾む声が聞こえてきた。そこに絢斗さんの以前と変わらない落ち着いた声も混ざっている。

絢斗さんっ！

商談ルームを出ようとしたとき、右腕をギプスで固定した絢斗さんが通り過ぎる。

整った横顔を目にして私の胸はときめいたが、彼は私には目もくれずそのまま社長室へ入っていった。

茫然としている私の目の前に翠子さんが立つ。

「澪緒さん……お疲れではないですか？　顔色が悪いですわ」

以前は若奥さまと呼ばれていたけれど、今日からは若奥さまは禁句で、〝澪緒さん〟になった。

「ううん。ライトのせいよ」

否定するも、昨日吐き気を覚えてから頭がぼうっとし、ずっと胃のあたりが落ち着かない。小百合さんを気にするあまり、自律神経がおかしくなっているのだろう。

「若旦那さまの記憶が早く戻ればいいのに。澪緒さん、私が話してみましょうか？」

「ううん。記憶を混乱させたら余計に彼を苦しめてしまいそうで……」

「澪緒さん……」

翠子さんの優しさは身に染みている。

直治常務をはじめ、従業員のみんなも今の状況を理解して同情してくれている。それがかえってつらいのだけれど。

営業後、店舗を閉めてから御子柴家へ向かう。その足取りは重い。

絢斗さんは社長室で二時間ほど仕事をして帰っていた。あと一週間は自宅療養するようにと医師からの指示が出ている。

胸が痛くなるほど彼に会いたかったのに、いざとなるとどんな顔をして会えばいいのかわからない。おばあさまも翠子さんも夕方には退勤しているので、もしかしたらもう絢斗さんと夕食を済ませているかもしれない。そうなったら顔を見ることはないけれど。

昼間はほんの少し春めいていた気温も今はとても寒く感じられて、両腕を着物の袖に入れながら御子柴家に向かった。

「ただいま戻りました」

「おかえりなさいませ」

江古田さんが出てきて言葉をかけてくれる。

「お食事をどうぞ。皆さまお待ちです」

「待ってくれて……」

「はい。大奥さまがそうおっしゃったのです」

食事のときだけでも私の存在に触れ、記憶を取り戻せるようにと、おばあさまは考えたのかもしれない。

手洗いとうがいを済ませてダイニングルームへ行くと、おばあさまと絢斗さん、小百合さんが席に着いていた。翠子さんもいてくれてホッとする。

「お、お待たせしてすみません」

私は誰にともなく謝り、六人掛けのテーブルの小百合さんの隣に腰を下ろす。

彼女は今朝まで私が座っていた席にいた。小百合さんの対面におばあさま、その隣に翠子さん。絢斗さんはいつもの席に座っていた。

「澪緒さん、おつかれさま」

おばあさまがねぎらいの言葉をかけてくれる。

小さく笑みを浮かべ、絢斗さんへと視線を向けてしまう。次の瞬間、心臓がドクッと跳ねた。絢斗さんが私を見ていたのだ。

「家族の食事に君も一緒とは。おばあさまの信頼がずいぶんと厚いようだ」

「家族の食事って、私もいますよ」

さらっと取り繕ってくれたのは翠子さんだ。

「翠子は親戚だろう？　君は、澪緒さんだっけ？　覚えていなくてすまない。うちに住んでどのくらい？　おばあさまの知り合いの娘さんだと聞いているが」

覚えていなくてすまない……。

絢斗さんの言葉に涙がこみ上げ、涙腺が決壊しそうだ。

「……去年の十月中旬からです」

「絢斗、お腹が空いてしまったわ。お話は食べながらにしない？」

小百合さんが甘えた声で、絢斗さんのギプスをしていない左手に手を置く。

「食事の前に言っておきますけどね」

ふいにおばあさまが口を挟む。

「絢斗さんもまだ怪我が治っていません。絢斗さんのお世話を買って出てくれたのはありがたいですが、階下には私たちがいることを忘れないでくださいね」

おばあさまは必要以上にベタベタするなと示唆《しさ》しているのだろう。

絢斗さんが口元を緩ませる。

「おばあさま、もちろんですよ」

もちろんですよ……。

その言葉は二通りに受け取れる。ベタベタしないという意味と、一階にバレないようにセックスをするという肯定の意味が。

「腕の怪我もですが、三年間の記憶を取り戻すことが私の願いですよ。では、いただきましょう」

おばあさまの合図で食事が始まった。

絢斗さんは一週間後、仕事に復帰した。まだ腕にギプスはしているけれど、怪我はだいぶよくなっているようだ。

小百合さんは連日泊まっていて、私は不安で仕方がなかった。よくなっていく彼とは対照的に、私はどんどんHPが削られるように覇気《はき》がなくなっていく。

万が一、彼が小百合さんにプロポーズをしたら……と考えると夜は眠れない。

おまけにいつも吐き気に悩まされている。

彼が店にいるときは小百合さんも着物を着て、右手が使えない絢斗さんの補佐をしている。ほぼふたりは離れない。

三月も中旬になって、外掃除は寒さに震えずに済んでいる。今朝はめまいがひどく、掃除する手が緩慢な動きになっていた。

早く終わらせなきゃ……。

ガラスクリーナーでショーウインドーを拭いていると、ガラスに絢斗さんの姿が映り、ハッとなって振り返る。

「ここは毎日君が？」

「……はい」

急に振り返ったせいかめまいを感じる。布をギュッと握りしめる。

「いつもピカピカにしてくれてありがとう」

「えっ？」

記憶を失う前の絢斗さんのように思えたとき、目の前が真っ暗になった。スーッと意識が薄れていく。

彼の「おい！」と驚く声が聞こえて、意識を手放した。


名前を呼ぶ声に目を開けると、いつも着替えをする畳の部屋に寝かされていた。

翠子さんが心配そうに見つめている。

「あ……」

窓ふきの途中で絢斗さんに声をかけられ……。

「どこか痛むところはないですか？」

「ごめんなさいっ！　どのくらい経った？」

ハッとして体を起こした瞬間、頭がぐらっと揺れて翠子さんに支えられる。

「五分ほどです。大丈夫ですか？　病院へ行きましょう」

「……めまいを起こしただけだから、病院へ行くほどのことでもないわ」

「でもまだ顔色が悪いですし。大奥さまが今日はお休みするようにと」

たしかに貧血と吐き気に襲われている。

「若旦那さまに支えられて倒れるのを免れましたが、いなかったら怪我をしていましたわ」

「絢斗さんの腕は大丈夫だった⁉」

「はい。とっさに左手を出されたそうなので。外の様子にすぐに気づいた直治常務がここへ」

「風邪だったらみんなに迷惑をかけてしまうから、病院へ行ってきます」

内科ではなく産婦人科へ。

生理が遅れていることに気づき、もしかして妊娠したのではないかと思っていた。ここのところの体調不良はそのせいかもしれないと――。

翠子さんが付き添うと言ってくれたが、ひとりで平気だと断り、日本橋から少し離れた銀座のレディースクリニックを訪れた。

「おめでとうございます。妊娠七週目に入ったところです。血液検査の結果ですが、ヘモグロビンの値が低いので、めまいには気をつけてください。サプリメントをお出ししておきます」

若い女医に告げられ、嬉しさで胸がいっぱいになった。

「ありがとうございます」

こんなときだけれど、私のお腹に絢斗さんの赤ちゃんがいることに喜びを覚えて、鬱々《うつうつ》としていた気持ちが晴れるようだった。

しかし会計を待ちながら、まだこのことは胸に秘めておかなければならないと考えた。

ずっと跡取りを熱望していたおばあさまはきっと喜んでくれる。それだけにおばあさまは絢斗さんに知らせたくなるはず。そうなったら、私を愛した記憶がない彼を混乱させて苦しめてしまう。今、絢斗さんが愛しているのは小百合さんだから。

でも、本当にこのまま彼の記憶が戻らず、小百合さんと結婚することになったらどうすればいいの？

私たちの赤ちゃんが産まれるのに……。

病院を出ると、十二時を回っていた。

赤ちゃんのためにもちゃんと食べなきゃね。

ふと、絢斗さんが連れていってくれたハンバーガーショップを思い出し、ひとりでお昼を食べに行った。

それから御子柴家に戻り、自分の部屋のベッドで横になる。

妊娠による体の変化なのか、眠くて仕方がなかった。

その夜も、いつものように小百合さんを含め、五人で夕食のテーブルを囲んだ。

「澪緒さん、体調はよくなったの？　食欲はあるかしら？」

食事前におばあさまに尋ねられ、予測していた私は落ち着いて答える。

「はい。ご心配おかけしました。若旦那さま、ご迷惑をおかけして申し訳ありませんでした。腕は大丈夫でしたでしょうか？」

「ああ。あんな風に倒れるのは危ない。病院で検査をしたほうがいいのではないか？」

「はい。そうします」

そう言っておけば、この話は終わると考えたとき、小百合さんが驚く言葉を発した。

「本当に貧血だったのかしら？」

小百合さんが唇を尖《とが》らせて私を見る。

彼女の言葉に心臓がドキッと跳ねるが、平静を装う。

「それはどういう意味で?」

「あなた、絢斗の気を引きたくて演技をしたんじゃないの?」

「小百合さん、口を慎みなさい」

おばあさまが一喝してくれるが、かえってそれが絢斗さんの同情を引く。

「おばあさま、彼女を頭ごなしに叱るのはやめてください」

それにはおばあさまはカチンときたようで、ムッとした表情をあらわにした。

「それなら行きすぎた態度は絢斗さんがあらためさせなさい。澪緒さんは気を引くためにわざと倒れる人ではありませんから」

私を擁護してくれるおばあさまに胸が熱くなるが、食卓の雰囲気が悪くなってしまい困り果てる。

小百合さんもおばあさまの叱責にまずいと思ったのか、「絢斗、私が悪かったの。澪緒さん、ごめんなさいね」と謝った。

まだ絢斗さんの記憶が戻る気配はない。

ほんの片鱗《へんりん》でも私のことを思い出してくれれば……そう願わずにはいられなかった。

それから一週間後、絢斗さんはようやくギプスが外れた。

病院から帰ってきた彼は、コーヒーショップのドリンクとケーキを手にしていた。従業員へのねぎらいのお土産だ。事故前も絢斗さんはこうして時々差し入れをしてくれていた。

従業員たちが嬉しそうに交代で休憩室へ行く。

私は悪阻《つわり》が続いているので、ケーキを食べたら戻してしまいそうで、「あとでいただきます」と言って商談ルームに引っ込んだ。

ひとりで展示会の招待状の宛て名を書いていると、驚くことに絢斗さんが現れた。

「休憩しないのか？」

「これだけ書いてしまいたいので」

残りのハガキは五十枚くらいありそうだ。

絢斗さんはなにも言わずに商談ルームを立ち去った。

彼の姿が消えてから、どうしてもっと話をしなかったのだろうと後悔する。

テーブルの上に突っ伏していると、ふいに絢斗さんの声がした。

「大丈夫か？　またつわりでも起こしたのか？」

突然声がしてビクッと顔を上げる。

「あ……、な、なんでもないです」

首を左右に振ると胃が暴れだす。でも顔には出さないように小さく深呼吸をしたとき、絢斗さんがテーブルの上にコーヒーショップのカップとシフォンケーキを置いた。

シフォンケーキはピンク色の生地に生クリームがのっている。今の季節の桜のシフォンケーキのようだ。

「ドリンクはルイボスティーにした。好きだったよな？」

えっ……？　絢斗さんが記憶を失ってからルイボスティーを飲んでいるところを見せたことがないのに……？

記憶が戻ったのかと笑顔を向けた瞬間、小百合さんがドア口に姿を見せた。

「絢斗、コーヒーが冷めちゃうわ」

「あぁ。今行く」

絢斗さんはテーブルから離れ、小百合さんと共に出ていった。

思い出したのではなかった……。

それでもなにかが引っかからなければ、コーヒーショップでルイボスティーを買ってくることはないだろう。潜在意識の中に私の記憶があって、私のためにオーダーしたと思いたい。

ちょっぴり気持ちが浮上して、少し冷めたルイボスティーを口にした。

それから一週間が過ぎたが、あれ以来絢斗さんに変わったことはない。

夕食時、絢斗さんから指示を受けて書いていた招待状の中に漢字がわからない人が数名いると相談した。

「じゃあ、食べ終わったら二階へ来て」

「はい」

二階へ足を踏み入れるのは久しぶりだ。

明日の朝投函予定のリストと筆ペンを持っていそいそと向かった。

リビングのドアが半分ほど開いていて、中から小百合さんの声が聞こえてきた。

「五月の結婚式が楽しみね。ウエディングドレス、もうそろそろできあがるわ」

え？　五月の結婚式？

五月の結婚式は私と絢斗さんが予約していたものだ。絢斗さんの記憶が戻らないので、延期をしようかとおばあさまと話し合っていたところなのに。

小百合さんと結婚式を挙げるの……？

愕然となって室内へ視線を向けると、ソファのひじ掛けに頭をのせて横たわる絢斗さんの上に、ブラウスをはだけさせた小百合さんが乗っていた。

頭をガツンと殴られたようなショックを受け体が震えてくる。じりっと後退したはずみでドアに肘をぶつけ、抱えていたファイルを落としてしまった。

「誰？　澪緒さん？」

「す、すみませんっ、ファイルを落としてしまって」

しゃがんで泣きそうな顔を俯かせて、ファイルから散らばったものを拾っていると、戸口に絢斗さんが現れた。

「あ、あれ？　聞きたかった苗字が……」

ファイルを落としたせいで集めたデータがバラバラになってしまい慌てる。

「し、下で整理してから出直してきます」

ファイルを抱えて立ち去ろうとする私の腕が掴まれた。

「そこでやればいい」

リビングに引き込まれ、ソファに座らされる。

勇気を出して、対面のソファにいる小百合さんへ視線を向けると、ブラウスのボタンはしっかり留められていた。

おかしそうな表情で私を見つめる小百合さんの前で、散らばったデータを五十音順に直す。

私が来るからわざとあんなことをしたの？　彼女の顔は私の反応を楽しんでいると
しか見えない。

考えながら手を動かしていると、ふいに絢斗さんが私の隣に腰を下ろし、ビクッと
肩を跳ねさせた。

「絢斗、どうしてそっちに座るの？」

「教えるんだ。反対からではわかりづらいだろう？」

途端に不機嫌そうな顔つきになる小百合さんだけど、絢斗さんは気にしていない様
子。

この空気から早く逃れたくて、尋ねようとしたデータを捜して手を動かす。

あった！

でも、筆ペンを手にしようとしてないことに気づく。

「どうした？」

「筆ペンが……持ってきたはずなのに」

絢斗さんは立ち上がり、ドアへと歩を進めて廊下を確認してくれる。そして戻って
きた彼の手には、以前彼からプレゼントされたローズ色の筆ペンがあった。

「これ?」

「はい。ありがとうございます」

受け取ってから、いくつか普段はあまり使われていない難しい漢字を尋ねる。

「ああ。三橋《みつはし》さんね。橋は木へんで右側の方が……こうして」

絢斗さんがお手本を書いてくれる。

それから〝渡邉《わたなべ》〟さんの〝邉〟など、難しい漢字をいくつか教えてもらう。

絢斗さんの心地いい声を聞きながら、先ほどの結婚式が気になって仕方がない。

「……あの、五月に結婚式を?」

「そう聞いている」

絢斗さんはすんなりと肯定し、私はさらにショックを受けて愕然となった。

小百合さんはにっこり笑って、私と絢斗さんが選んだホテルの名前を言う。日にちも同じだった。

違うのは新婦だけ……。

この場であなたの婚約者は私だと言ってしまいたい衝動に駆られたけれど、それでは彼を混乱させるだけ。

この間違いを正したい。

けれど、私を思い出す様子もない絢斗さんを前に、どうすることもできなかった。

その後、どうやって二階から戻ってきたのか覚えていない。一刻も早くふたりから離れてひとりになりたかった。

一階の部屋に戻ると、我慢していた涙が溢れ出して止まらなくなった。

もう私は絢斗さんの奥さんになれないのだ。

ふと、お腹の赤ちゃんの存在を知られてはいけないという考えがよぎる。

おばあさまは曾孫《ひまご》を熱望している。この子は絢斗さんの血を引いた子供。だけど、小百合さんと結婚したらいつかはふたりの子供ができるだろう。正式な跡取りができるのだ。

もう私たちがここにいる存在価値なんてないに等しい。

ロスに帰ろう。どうにかお腹の子とふたりで生きていく。母が私を育てたように……。

そうよ。今の私は私じゃない。私はもっと行動派だったはず。腰を上げなきゃ。

スマホで明後日のフライトを予約し、キャリーケースに荷物を詰める。

腰ほどの高さのタンスの上に、おばあさまが用意してくれた白無垢の箱があるのが目に留まった。

絢斗さんからもらった指輪やたくさんの洋服は置いていく。この白無垢だってこの先必要がないもので、キャリーケースの片側半分を埋めてしまうだろう。

京都旅行でこれを羽織らせてくれたときを思い出しながら、そっと箱の蓋を開けた。

無垢な純白の生地に刺繍された金糸や銀糸が、電気の明かりで輝いている。

――これだけは持っていきたい。

箱から白無垢を取り出すと、キャリーケースに丁寧にしまい、ベルトをかけた。

腑に落ちない日常　絢斗Side

「脳波に異常はありません。上腕骨顆上の骨折だけです」

知らない男の声が聞こえ、俺の意識が浮上し気がついた。右腕が痛みを訴えているが、動かすことができない。

瞼を開けた先に、白衣を着た男性医師と翠子、目鼻立ちが整った綺麗な女の子が立っていた。小百合もいる。

「俺は……」

なぜこんなところにいる？　なぜ腕がひどく痛むんだ？

「絢斗さん！」

その綺麗な女の子が俺の名前を呼ぶ。

知り合い……？

「君は誰？」

俺は彼女がわからなくて乾いた口で聞く。すると、彼女は目を大きく見開いた。

翠子がすかさず「先生？　記憶が……」と尋ねる。

「小百合、俺はなぜここにいる……？」

小百合が俺のギプスをしていない左手を握る。

「絢斗、事故に遭ったの。心配したわ。骨折だけで済んでよかった」

彼女はホッとした様子で、小さく微笑みを浮かべる。

その場で唯一知らない女の子が一歩二歩と下がったのがわかった。彼女は翠子と顔を見合わせ悲痛な面持ちだった。


一過性全健忘症。

俺はここ三年ほどの記憶を失っていた。

再び検査が行われたが、わかったのはカレンダーの日付が俺の覚えている三年後だということだ。

俺が記憶喪失？

あの綺麗な女の子が事故に遭いそうになったところを助け、こうなったという。

この三年の記憶がすべてないとなると仕事に支障も出るし、早く思い出さなければと焦る。

小百合とは四年間付き合っているということになる。

今、俺が頼りにしているのは小百合だ。彼女はキャビンアテンダントを退職していた。祖母の友人である藤原の大奥さまの個人秘書をしているそうだが、俺の世話をするために休職し、毎日病院へ通ってくれている。

だが俺は、時々祖母と一緒に見舞いに来る、事故の原因となった彼女が気になっていた。祖母は彼女のことを澪緒さんと呼ぶように俺に伝える。

事故は車側の過失で、澪緒さんには責任がないと知らされていたので、「気にしなくていいから見舞いに来なくていい」と告げた。

すると、彼女は悲痛な表情を一瞬浮かべ、それから真顔になり、「おばあさまの付き添いですから、こちらへ来る際には私も一緒に参ります」と言った。

なぜそんな顔をするんだ……？

彼女を見ていると、落ち着かなくなる。

翌週の木曜日、俺は退院した。小百合が付き添い、病院から直接、ハイヤーで御子柴屋の店舗へ向かった。

店に入ると、直治常務やおばあさまに出迎えられる。

「社長、店は気にせずにご自宅でゆっくりなさってください」

直治常務の頭には白いものが増えていた。やはり三年の月日は経っているようだ。

ここへ来る間も近隣の店がなくなったり建て直されたりしていた。

「少しだけ仕事をするよ。三年間の間でなにか変わっていることは？」

「それほどのことは……」

「絢斗さん、本当に退院おめでとう」

高齢の祖母には心配をかけてしまった。事故の知らせを受けたときの気持ちを考えると申し訳ない。

二時間ほど社長室で、この三年間の業績などを確認した。

その間、小百合はお茶を淹れたり、利き腕が使えない俺のために必要な物を取ったりと世話をしていた。

彼女と付き合って四年、聞けば五月に結婚式を挙げるという。

だが、俺は違和感を覚えずにはいられなかった。

なぜなのだろうか……。

帰宅後、小百合と祖母、翠子と共に夕食のテーブルに着くと、ひとり分のカトラリーが置かれた席が空いていた。

「そこは誰が？」

「澪緒さんですよ。もうすぐお店から戻りますから待ちましょう」

祖母はいつも彼女を気にしている気がする。知り合いの娘ゆえに、気を使っているのかもしれない。

彼女は五分後、帰宅した。

「お、お待たせしてすみません」

謝った彼女は一瞬目を見開き、小百合の隣の席へ座った。彼女の様子はいつも不可解だ。

「澪緒さん、おつかれさま」

おばあさまがねぎらいの言葉をかける。

彼女はすまなそうに祖母へ小さく笑みを浮かべ、ふいにその視線が俺へと向いた。

「家族の食事に君も一緒とは。おばあさまの信頼がずいぶんと厚いようだ」

「家族の食事って、私もいますよ」

彼女をかばうように翠子が口を開く。彼女が好きなようだ。

「翠子は親戚だろう？　君は、澪緒さんだっけ？　覚えていなくてすまない。うちに住んでどのくらい？　おばあさまの知り合いの娘さんだと聞いているが」

「……去年の十月中旬からです」

「絢斗、お腹が空いてしまったわ。お話は食べながらにしない？」

小百合が口を挟み、にっこり俺に微笑みながら左手に手を置く。

「食事の前に言っておきますけどね」

ふいに祖母が口を挟む。

「絢斗さんもまだ怪我が治っていません。絢斗さんのお世話を買って出てくれたのはありがたいですが、階下には私たちがいることを忘れないでくださいね」

祖母は人前でスキンシップをする小百合が気に入らないようだ。今までもそうだったのか？

「おばあさま、もちろんですよ」

下に祖母がいるこの家で小百合とセックスしようとは思わない。それどころか、なぜか彼女と一緒にいても心地よさを感じなかった。

「腕の怪我もですが、三年間の記憶を取り戻すことが私の願いですよ。では、いただきましょう」

祖母は両手を合わせ、食事が始まった。

一週間後、俺は仕事に復帰した。

「小百合、俺はよくなってきているから、君も仕事に復帰していいよ。助かったよ。ありがとう」

なぜか、彼女に対して素っ気ない態度になる。

「あら、まだ右手が使えないじゃない。私の補佐が必要よ」

小百合は頑として俺の手伝いをすると決めているようだった。

毎朝、澪緒さんは外掃除をしている。出勤は彼女の方が早く、俺は少し離れたところで立ち止まった。

店内で見かける彼女をいつの間にか目で追っている自分に気づいていた。いつもキビキビ動く彼女だが、今日は緩慢な動きだ。

「ここは毎日君が？」

そんなことは知っている。だが、なにか話をしようとわかりきったことを聞いていた。

「……はい」

「いつもピカピカにしてくれてありがとう」

俺はなにを言っているんだ？　従業員なのだから当たり前のことなのに。

「えっ？」

彼女も驚いたようだが、突然体をふらつかせた。危ない！と、倒れかけたところをとっさに左腕で支えた。

腕の中の澪緒さんは気を失っていた。


その後、倒れたことを知った祖母に早退するよう言われた澪緒さんだったが、夕食の席には彼女の姿があった。

「澪緒さん、体調はよくなったの？　食欲はあるかしら？」

食事前に祖母に尋ねられ、彼女は静かに答える。

「はい。ご心配おかけしました。若旦那さま、ご迷惑をおかけして申し訳ありませんでした。腕は大丈夫でしたでしょうか？」

俺に謝る彼女の表情が切なそうに見えるのは気のせいだろうか。

「ああ。あんな風に倒れるのは危ない。病院で検査をしたほうがいいのではないか？」

「はい。そうします」

彼女はコクッと頷く。

「本当に貧血だったのかしら？」

小百合が余計なことを口にしたが、澪緒さんは落ち着いた様子だ。

「それはどういう意味で？」

「あなた、絢斗の気を引きたくて演技をしたんじゃないの？」

俺の気を引きたくて？

倒れる瞬間を見ていた俺は、あれが演技ではないと知っている。

「小百合さん、口を慎みなさい」

祖母が彼女を一喝する。それは当たり前だろう。しかし、俺の婚約者ならばかばわなければ。

「おばあさま、彼女を頭ごなしに叱るのはやめてください」

「それなら行き過ぎた態度は絢斗さんがあらためさせなさい。澪緒さんは気を引くためにわざと倒れる人ではありませんから」

祖母の叱責に、小百合は「絢斗、私が悪かったの。澪緒さん、ごめんなさいね」と謝った。

小百合はやけに澪緒さんに対して挑発的だ。最初から目の敵のように接している。

なぜそんな態度を取るのか――。

一週間後、ギプスが外された。

固定されていた腕は、邪魔なものがなくなりすっきりした。

気分がいい俺は病院の帰り道、コーヒーショップへ立ち寄った。小百合はそんなに買う必要はないじゃないと唇を尖らせていた。

従業員たちはギプスが外れた俺に「おめでとうございます」と言い、買ってきたケーキを食べに交代で休憩室へ行く。

俺は澪緒さんを探す。彼女は商談ルームで展示会の招待状の宛名を書いていた。

「休憩しないのか？」

「これだけ書いてしまいたいので」

右手にある残りのハガキはかなりある。

俺は素っ気ない対応をする彼女になにも言わずに商談ルームを出ると、ドリンクとケーキを持って戻り、テーブルの上に突っ伏している澪緒さんのもとへ近づく。

「大丈夫か？　またためまいでも起こしたのか？」

彼女はビクッと驚き顔を上げた。

「あ……、な、なんでもないです」

そう言うが、体調がよくないのではないかと思案する。

俺はテーブルの上に、蓋つきのカップとシフォンケーキを置いた。

「ドリンクはルイボスティーにした。好きだったよな？」

澪緒さんは目を見開いて驚いている。

自分でも無意識に出た言葉にハッとしていた。

どうして俺が彼女の好きな飲み物を知っているんだ？　それにその驚いた顔は……？

なぜそんな顔をするのか聞こうとしたとき、小百合がやってきて笑顔を向ける。

「絢斗、コーヒーが冷めちゃうわ」

「あぁ。今行く」

俺は気になりながらも、小百合が彼女になにか言わないうちに商談ルームをあとにした。

以前、なぜ澪緒さんを嫌うのか尋ねた。彼女の存在に苛立つのだと言う。綺麗な女性に嫉妬しているのか。

そんな心の狭い小百合と夫婦としてやっていけるのだろうか……。

一週間が経ち、夕食を食べていると、澪緒さんから展示会の招待客の漢字を教えてほしいと言われた。

「じゃあ、食べ終わったら二階へ来て」

「はい」

食事後、二階へ戻り、小百合に帰宅するように告げる。

「絢斗、今日は泊まっていきたいの」

「泊まる？」

「ええ、だって事故に遭ってから私たちエッチしていないじゃない」

小百合はブラウスのボタンを外していく。その姿を見ても俺は興奮もなく冷めていた。

彼女はブラウスをはだけさせると、俺をソファへ押し倒す。頭がソファのアーム部分に当たる。

「もうすぐ澪緒さんが来る。ブラウスをもとに戻せよ」

「そんなこと言わないで。ね、キスして」

「小百合」

愛し合う恋人同士ならキスをしたいと思うはず。だが俺は、小百合に対してそういう気持ちが湧かないのだ。

俺は事故で性欲がなくなったのか？

小百合は渋々体を起こしてにっこり笑う。

「五月の結婚式が楽しみね。ウエディングドレス、もうそろそろできあがるわ」

俺は本当に小百合と結婚するのか？　都内の最高級ホテルに結婚式の予約を入れているのはたしかだ。去年の十二月に予約済みだった。

そのとき、ドア口でバサッとなにかが落ちた音がした。

「誰？　澪緒さん？」

「す、すみませんっ、ファイルを落としてしまって」

入り口で声がして、俺はまだブラウスをはだけさせたままの小百合を一瞥《いちべつ》し立ち上がった。

澪緒さんはしゃがみ込んで散らばったものを慌てた様子で拾い、視線を落としたままこちらを見ない。

小百合の姿を目にして当惑しているのだろう。彼女の顔が赤い。

「し、下で整理してから出直してきます」

なぜか立ち去らせたくない思いで、彼女の腕を掴んだ。

「そこでやればいい」

リビングに促し、ソファに座らせた。

俺が彼女の隣に腰を下ろしたことで小百合は不機嫌な顔になるが、気にならない俺はおかしいのか？

澪緒さんはテーブルの下を覗き込み、なにかを探している。

「どうした？」

「筆ペンが……持ってきたはずなのに」

もしかしたらさっき落としたのかもしれないと、俺はドア口まで戻る。

廊下の隅に筆ペンが落ちていた。俺は腰を屈めてそれを拾う。

ローズ色の筆ペンを手にしてなにかが気になるが、それがわからず彼女のもとへ戻った。

「これ？」

「はい。ありがとうございます」

彼女は小さく微笑みを浮かべる。

しばらく彼女に漢字の書き方を教えていると、真剣に俺の話を聞いていた澪緒さんがふいに口を開く。

「……あの、五月に結婚式を？」

「そう聞いている」

俺の肯定に彼女の動きが止まった。

なぜそんな顔になる？

澪緒さんはひどくショックを受けたような表情だ。

小百合は笑顔で、結婚式を挙げるホテル名と日にちを口にする。

「絢斗、あのホテルは本当に素敵だわ。私たちが結ばれる場所にぴったり」

口をきゅっと引き結んだ澪緒さんは持ってきていたものを胸に抱えてソファから立った。

「さてと、絢斗。私は帰るわ。車まで送ってくれないの？」

「え？　あ、ああ」

小百合は春用のコートを羽織り、バッグを持つ。俺もソファから立ち上がると、澪緒さんは先に階下へと下りていた。


翌日、澪緒さんを社長室に呼んだ。今日から小百合は藤原の大奥さまの個人秘書に復職している。

昨日手にしたローズ色の筆ペンが頭の片隅で引っかかり、尋ねようと思ったのだ。

「若旦那さま、今朝、展示会の招待状をすべて送り終えました」

彼女は今までとは違う、どこか冷めた表情で報告する。それまではふと彼女へ視線を向けると、見守るような眼差しと時々ぶつかっていた。

「ありがとう。ところで、昨日持っていた筆ペンに見覚えがあるような気がするんだが、どこで買ったのか教えてくれるか？」

そう尋ねると、澪緒さんの視線が泳ぐ。

「……プレゼントなのでどこで買ったのかは」

「そうか……素敵な筆ペンだったから聞いてみたんだ。ありがとう」

「では、失礼します」

小花を散らした萌黄《もえぎ》色の着物を着た彼女は、両手をお腹の位置に重ねて置き、丁寧に頭を下げた。そしてうしろを向き、ドアへ足を運ぶ。

そのとき、過去に俺が口にしたと思われる言葉が脳裏をよぎる。

『まだ二重太鼓しかできないだろう？　今日は少し華やかにした方がいい』

「ちょっと待って」

椅子から立ち上がり、執務デスクに両手を置き、身を乗り出す。

澪緒さんは振り返り首を傾げる。

「俺と君は親しかった？」

「……私はいち従業員です。では失礼いたします」

かすかに首を横に振った彼女は静かに口にして、社長室を出ていった。


その夜、ベッドに横たわり暗闇で目を開けたまま、頭はめまぐるしく失った記憶を呼び戻そうとしていた。

なにか重大なことを忘れている気がしてならない。俺はなぜ焦燥感に駆られているんだ？

この三年間を、俺は思い出さなければならない。

必死に考えるが、断片的にでも浮かんではこず、ひと晩過ごした。

気になるのは一階で眠っている彼女のことだった。


「おはようございます」

翌朝、店に出勤すると、澪緒さんではなく、島谷さんが外掃除をしていた。

「おはよう。掃除のローテーションが変わったのか？」

「え？　いいえ。澪緒さんは体調が優れないとかで本日はお休みを」

「体調が悪い？」

朝食の席に彼女はいた。たしかに口数は少なかったが、具合が悪かったのだろうか。

俺は今朝の彼女の様子を思い浮かべながら社長室へ向かう。

あとで芳子さんに様子を見に行ってもらおう。

執務室のデスクに着いた俺はパソコンを起動する。メールが大量に入っており、ひとつずつ処理していく。

次のメールは経営コンサルタントをしている友人、上条《かみじょう》からだった。

久しぶりだな。

メールを開こうとしたところで、直治常務が現れる。

「社長、おはようございます」

「おはよう。ちょうどよかった。展示会の帯が明日納品される。検品しておいてくれ。あと、花屋にもそろそろ発注か。花はおばあさまの方がいいだろう。あとで翠子を呼んでくれ」

「かしこまりました。本日は若奥……澪緒さんがお休みだそうです」

わかおく？

「わかおくとは？　澪緒さんの休みは知っている」

「申し訳ありません。言い間違えました。どうも年を取ると意味のない言葉を。あ、防犯カメラの具合が悪いので、社長に見ていただきたいのですが」

直治常務は「ははは っ」と歯を見せて笑い、思い出したように用件を切り出した。

「今すぐ確認した方がいいな」

俺は席を離れ、二階の事務所へ行った。

五台ある防犯カメラのうちの一台が映らないようだ。再起動をしてレコーダーのネットワーク設定を開き、IPアドレスなどを打ち込むと画面が見られるようになった。

ふと、事故が起きる前の店の様子を知りたくなり、マウスを操作する。

従業員や自分の接客風景を早送りし、ハッとなり映像を巻き戻す。俺と澪緒さんが話をしている場面だ。

そこには今まで見たことがない笑顔の彼女がいた。俺もバカみたいに表情を緩ませている。

これが俺……？

画面の中の俺は、彼女に手を伸ばして頬を撫でているように見える。

彼女はただの従業員だったはずだ。だが彼女に向けるこの顔は小百合にも見せたことはない。

他の日に録画した映像もすべて、澪緒さんといるときだけ俺の表情は違っていた。

——俺は彼女が好きだったのでは？

「若旦那さま、横浜《よこはま》の加藤《かとう》さまからお電話です」

その声で俺の考えは中断された。


社長室へ戻った俺はデスクに着き、先ほどのシーンを思い出す。

しかし、そのことばかりを考えるわけにもいかず、上条からのメールを開いた。

株式会社NISHIZAWA　業績報告書？

NISHIZAWAという社名に心当たりがない。

着物のレンタル会社……？

受話器を取り上げ、上条へ電話をかけようとしたとき、再び過去のものと思われる会話が脳裏によみがえる。

『仕方がないだろ？　西澤社長が縁結びの神なんだからな。それに父親を突き放したことで澪緒が悩んでいたのも知っている』

この西澤社長が澪緒さんの父親？　縁結びの神？

俺は彼女に聞かなくてはならない思いに駆られ、社長室を飛び出した。

突然自宅に戻った俺を見て、江古田が驚いている。

「澪緒さんは？」

「部屋にいらっしゃるかと」

俺は心臓を暴れさせながら彼女の部屋へ歩を進める。

ドアの前に立ち、名前を呼ぶ。しかし中から反応がない。

「澪緒さん？」

再度の呼びかけにも返事はなかった。具合が悪くて起き上がれないのか？

「澪緒さん！」

そう考えたら部屋のドアを乱暴に開けていた。

そこに彼女の姿はなかった。

ベッドの上の布団がきちんとたたまれており、祖母宛ての手紙が置かれていた。

どういうことなんだ……？

俺は部屋の中をぐるりと見渡し、書き物机の上にあるふたつの箱が目に入った。隣にメモ用紙もある。なにも書かれていないが、破られた跡があった。

気が急いて箱を開けてみると、小さな四角い箱にはダイヤモンドのリングが、細長い箱にはネックレスが入っていた。

これはエンゲージリング……。

そのリングを見た刹那、彼女との思い出が走馬灯《そうまとう》のごとく蘇った。

「クソッ‼」

俺は大事な澪緒になんてことをしたんだ⁉

「いったいどこへ？」

この家を出ていったとしか思えない部屋の状況。

必死に彼女の行き先を考えていると、廊下をバタバタと走る足音が聞こえてきた。

「若旦那さま！　ああ、よかった」

翠子だった。いつも上品な彼女が息を切らして額に汗の粒まで浮かせている。

「翠子！　澪緒はどこへ⁉」

「思い出されたんですね！　いえ、思い出しても思い出さなくてもお知らせしなければと。今彼女は羽田《はねだ》空港です。お昼のフライトでロスへ！」

「なんだって！　どの便だかわかるか⁉」

目の前が真っ暗になるほどの衝撃を受けて体がふらついた。

「いいえ。お昼に発つということしかメッセージにありませんでした」

キャリアはどこなんだ？

メモ用紙が破られていたのを思い出し、書き物机の隣のごみ箱へ手を伸ばした。

あった！　ＡＡＮだ！

俺は家を飛び出し、羽田空港へ向かった。

タクシーで空港へ向かう中、フライト時刻を調べようとスマホを出した。そこに翠子からの着信履歴が何件もあった。俺に会う前の着信だった。

――澪緒！

ただひとり愛するあなた

羽田空港に向かうタクシーの中で、悪阻で吐きたいのをこらえていた。

国際線の出発ターミナルに到着すると、手早くタクシーの支払いを済ませてレストルームへ向かう。

キャリーケースは昨日、誰にも見られないようにして空港に送っていた。

レストルームの個室でひとしきり吐き、便座に蓋をして落ち着くまでその場にいた。

今日の悪阻は、私の精神状態が明確に表れているみたい……。

赤ちゃんの存在は私を強くしてくれているが、これからのことを考えると不安に駆られる。

絢斗さんに会いたい……。

あなたの子供がいると打ち明けたかったけれど、記憶がない彼を苦しめてしまうと思うと、どうしても話せなかった。

厳しさの中にも愛があったおばあさまにも、面と向かって今までのお礼を言いたかった。でも、ロスへ帰ると知ったら狼狽《ろうばい》させてしまうだろう。

タクシーに乗ってすぐ、翠子さんにはロスへ帰ることをメッセージで送り、そのままスマホの電源を落としてある。無事に着いたら改めてちゃんとお礼を伝えよう。

出発時刻までにはまだまだ余裕がある。

レストルームを出て、十分ほど近くのベンチに座って休んでいた。

強くならなきゃね。母親になるんだから。

小さな私を連れて日本を発つとき、母はどんな思いだったのだろうか。

自動販売機で買ったミネラルウォーターを飲んで、吐き気が少し治まったようだ。

キャリーケースを取りに行って、チェックインの手続きをしにカウンターに向かう。

「澪緒！」

空耳だ……こんなところまで絢斗さんの声が聞こえちゃうなんて……。

ＡＡＮのチェックインカウンターはすぐそこだ。

「澪緒！　待て！」

えっ？

今度は背後からしっかりと絢斗さんの切羽詰まった声がした。

振り返ろうと立ち止まったとき、カーディガンの上から腕を掴まれた。

「澪緒！　すまない。傷つけてごめん」

背後から私は抱きしめられた。着物の袂は絢斗さんだとわかる。

じわっと涙が出てきて頬を伝う。

「思い出して……？」

そう聞く声は震えていた。声だけじゃない。期待に震えて、足の力が失われていきそうになる。

「ああ。なにもかも思い出した。君にはなんてひどいことをしたんだろう。本当にすまない。待たせてごめん」

私は彼の腕の中で向きを変えさせられた。

彼の眼差しは私を愛してくれていた事故前のものだった。

「絢斗さんっ！」

両腕を彼の首へと伸ばして抱きつく。人目もはばからずに絢斗さんも抱きしめ返してくれる。

「愛している。俺が愛しているのは澪緒だけだ」

絢斗さんは私の額から、涙で濡れている頬、そして震えが止まらない唇にキスを落とした。

一時間後、私たちは御子柴家の二階のリビングに並んで座っていた。

絢斗さんはどうやって記憶が戻ったのかを話してくれた。私の手はずっと彼の大きな手に包まれている。

ようやく高ぶっていた気分が落ち着いた。

「絢斗さん、私を事故から守ってくれてありがとう」

「それは入院中、おばあさまの付き添いで来たときに言ってくれただろう？」

「でも、それはおばあさまの知り合いの娘としてだったでしょう？　絢斗さんの婚約者としてちゃんと伝えたかったの」

「澪緒……」

彼の手が私の髪に触れて撫でられる。

「包み隠さず話してくれればよかったのに……と言うのは後の祭りだよな。記憶がなく苛立っていたのも事実だから」

「お医者さまも色々な情報を与えない方がいいと言っていたから。下手に教えると余計に思い出せなくなることもあると」

「こんなにも愛している澪緒に寂しい思いをさせてしまった」

絢斗さんの後悔はやまない。

「もう何度も謝ってくれているからもうこれ以上は謝らないで」

「小百合がどんなにひどい女かわかったよ」

「でも、事故後世話をしてくれたのは彼女よ。絢斗さんを愛しているせいで……」

「だとしても、澪緒との結婚式を自分が新婦のように騙《かた》っていたのは許せない」

絢斗さんは拳を握りしめて憤りをあらわにする。

「彼女とはちゃんと話し合うから」

「……ん」

この一カ月の間、小百合さんと恋人の関係に戻っていたのかずっと気になっていた。もし、体の関係を持ったとしても、彼女を恋人として認識していたのだから仕方がないこと……。

「澪緒、記憶を失っていても小百合とセックスはしていない」

「絢斗さん……」

考えていたことが顔に出てしまったのだろうか。

困惑しながら彼を見つめる。

「婚約者だと言われても、その気にならなかった。俺は事故で性欲がなくなったのかと思ったよ」

「事故で性欲……クスッ」

ちゃんと話をしてくれてよかった。モヤモヤした気持ちがこの先続くのも胎教によくないもの。

「なくならなくてよかった。御子柴屋の跡取りはこの子の他にもまだ欲しいもの」

まだ膨らみのないお腹に、ジーンズの上から手のひらを当てた。

微笑みを浮かべていた絢斗さんが瞬時に真顔になった。

「澪緒？　もう一度言って？　俺の聞き間違いかもしれない」

「ここに赤ちゃんがいるの」

はっきり言葉にすると、絢斗さんは涼しげな目を大きく見開く。

「九週目よ」

彼を驚かせられて満足の私はにっこり笑う。

「澪緒！」

絢斗さんは私を抱きしめる。

「最高に嬉しいよ。澪緒、妊娠したのにロスに帰ろうとしていたなんて。本当にすまな――」

「謝らないでって言ったでしょう？」

私は彼の懺悔《ざんげ》を遮り、首を伸ばして唇にキスをする。

「突然倒れたり、体調が悪かったりしたのは妊娠をしていたからなのか？」

「うん。ちょっと貧血気味で。でもたいしたことはないから」

心配そうに瞳を曇らせる絢斗さんに慌てて言った。

「おばあさまにも報告したい。まだ知らないよな？　今頃落ち着かない気分で店にいるだろう」

絢斗さんは羽田空港からここへ戻ってくるタクシーの中で、無事に私を見つけて帰宅途中だと翠子さんに電話をしていた。

おばあさまは私と絢斗さんにふたりきりで話をさせるために、家には戻っていないようだ。

「早くおばあさまに知らせなきゃ」

「ああ。飛び上がるほどに喜んでくれるはずだ。澪緒、ありがとう」

絢斗さんは私にもう一度キスを落としてから、ソファから立ち上がらせてくれた。

「あ、この格好じゃあ」

トレーナーにダボッとしたカーディガン、そしてジーンズ姿を見せたらおばあさまの喜びは半減してしまいそうだ。

私は絢斗さんが選んでくれたブラウンのワンピースに着替えて、彼と手をしっかりつなぎ、店舗へ向かった。

店舗の自動ドアが開き、中へ入った途端、一枚板の屋久杉のテーブルの前に座っていたおばあさまが駆け寄ってきた。翠子さんや直治常務の姿もある。

「澪緒さん！　よかったわ！　思いつめさせてしまって本当にごめんなさいね」

瞳を潤ませたおばあさまは私へ腕を伸ばす。

「おばあさま、心配をおかけしてすみませんでした」

いつもは厳しい顔つきのおばあさまの感極まった表情に、私も目頭が熱くなって涙が出てきた。

私とおばあさまは抱き合いながらコクコク頷く。

こんなにも温かく迎えてくれて幸せを感じずにはいられない。

おばあさまは涙をハンカチで拭きながら、私の横にいる絢斗さんに顔を向ける。

「絢斗さん、記憶が戻って本当によかったわ……」

「おばあさま、色々と気を揉んだでしょう。申し訳ありませんでした。直治常務にも迷惑をかけてしまいました」

「社長、どうなることかと思いましたが、思い出されてよかった」

直治常務は皺のある顔を破顔させた。

「おばあさま、もうひとつ知らせることが。澪緒」

微笑みを浮かべた絢斗さんは私に話すよう促す。

「……赤ちゃんができたんです」

「まあ！　それは本当に⁉　どうしましょう。幸せが一気に押し寄せてきたわ。予定日は？　直治常務、私に曾孫ができるのよ！」

そう言って直治常務の袂を引っ張るおばあさまの喜びように、涙が出てきそうになる。

瞳を潤ませる私の代わりに絢斗さんが口を開く。

「十月の下旬です」

「絢斗さん、澪緒さん、おめでとう。心からありがとう。嬉しくて今夜は眠れそうにないわ」

「若旦那さま、若奥さま、おめでとうございます」

翠子さんも笑顔で祝福してくれる。

私たちを遠巻きに見守っていた従業員たちも口々に「おめでとうございます！」と

言ってくれた。

その夜、二階のリビングで、絢斗さんはスマホをスピーカーにして小百合さんに電話をかけた。ここにいるのは私と絢斗さんだけ。

《絢斗、電話をかけてきてくれて嬉しいわ。会いたいのならすぐに向かうわ》

小百合さんの声は弾んでいる。

「いや、この話を聞いたら来たいとは思わないだろう」

《え……？》

ひんやりした空気が一瞬流れたように思え、私は隣の絢斗さんを見た。

「記憶が戻った。事故後、君をまだ恋人だと思っていたことは謝る。だが、さもまだ続いているように仕向け、結婚式まで入れ替わろうとしたことは許せない」

《絢斗……記憶が？　本当に？　あの女に入れ知恵されたんじゃないの？》

小百合さんは信じていないようだ。

「いや、すっかり戻った。会って今までの礼をしたいと思ったが、君はどんな顔をして来ればいいのか困るだろう？　君の幸せを願っている」

《絢斗！》

「休職をしてまで世話をしてくれた分は支払う。送るから受け取ってくれ」

小百合さんの行いに憤っている絢斗さんだけど、休職してお世話をしてくれたことには感謝している。

《……わかったわ。記憶を失っていても、あなたの私に対する気持ちに愛はなかった。内心腹が立っていたの。結婚して籍を入れたら、慰謝料をもらってすぐにでも離婚しようと考えていたところよ。戸籍を汚さずに済んでよかったわ》

捨て台詞を吐いて、小百合さんは通話を切った。

「性根が腐った女だな」

絢斗さんは苦々しく吐き捨てる。

「わからないけど、最後のセリフは小百合さんの本心じゃないと思うの」

「澪緒……」

私はにこっと笑顔で、彼の腕に抱きつく。

「女だからわかるの。でもね？　絢斗さんを一番深く愛しているのは私よ。もうなにがあっても誰にも渡さないわ」

「俺もだ。愛してる。これからは幸せな家族団欒を君にあげる」

絢斗さんは見上げる私の上唇を食んでから、舌を滑り込ませてどこまでも甘いキスをした。

五月のゴールデンウィークが過ぎた最初の土曜日、私たちは結婚式を挙げた。

神前式では、おばあさまからいただいた白無垢の打掛と綿帽子に身を包み、絢斗さんは黒五つ紋付き羽織袴姿。羽織は黒の無地の羽二重、袴は縞織りの仙台平《せんだいひら》だ。

私側の家族は父だけが参列した。私は父を呼ばなくてもと絢斗さんに伝えたのだが、『君の父親だから』と、彼が招待状を出したのだ。

御子柴家側からはおばあさまと翠子さん、江古田夫妻、直治常務にも参列してもらい、厳かな雰囲気の中、私たちは夫婦となった。

妊娠十五週の四カ月目の私の体のことを考え、色打掛と色ドレスはなしに。

出席者のほとんどが御子柴屋の従業員というこぢんまりした結婚披露宴だったけれど、壮二先生は一時帰国し、悪友だという朝陽さんも業務を調整して出席してくれた。

ビシッと決まったブラックスーツ姿のふたりに絢斗さんを含めた三人が集まったら、周りの女性たちは目が離せないだろう。

これまでの感謝と共に、そんなことを考えながら、白のフロックコートに身を包んだ絢斗さんの隣で私は笑顔が絶えなかった。

おばあさまがいつにも増して幸せそうなのが私も嬉しくて、御子柴屋の若奥さまとして努力を怠らず勉強を続けようと心に誓った。


そして月日は流れ。

十月十五日、予定日より少し早く三十八週に入ったところで、私は男の子を産んだ。

生まれたばかりの赤ちゃんを腕に抱いて、涙が溢れて止まらない。

そばにいる絢斗さんも無事に生まれたことにホッと安堵しながらも、すでにデレデレになっていた。

目が大きくて整った顔立ちの赤ちゃんだった。

「澪緒、おめでとう。大変だったな。おつかれさま」

「パパもおめでとうございます。この子に出会わせてくれてありがとう」

「それは俺が言うセリフだ」

まだ助産師や看護師がいるのに、絢斗さんは私の汗ばんだ額に口づけを落とした。

目に入れても痛くない息子は大翔《はると》と名付けられた。将来、絢斗さんのような素敵な男性になってほしい。

五日間の入院中、新米ママの私は沐浴《もくよく》やミルクのあげ方などを助産師から習ったが、早くも曾孫を溺愛しているおばあさまという心強い大先輩がいるので気持ちに余裕がある。

絢斗さんは仕事の合間に、一日に何度も面会に訪れるという親バカぶりだ。

すやすや眠る赤ちゃんを見ながらふと母を思い出す。出産後のこのもっとも幸せなときでさえ、父には愛人がいて母はつらかっただろうと思う。

ママ、私はママのようにはならないから。これからも見守っていてね。

私が住んでいたロスのアパートはまだ家賃を払い続け、そのまま残してある。大翔が飛行機に乗れるようになったら、三人でロスへ行きアパートを片付けて、ママのお墓参りをしようと絢斗さんは言ってくれている。

父の会社は、絢斗さんの出資と上条さんという凄腕の経営コンサルタントのおかげで赤字から回復しつつあるという。結婚式以来、父とは会っていないけれど、絢斗さんには連絡があって、私の状況を聞かれていたと教えてくれた。

孫にも会いたいようだった。

いずれはこのぎこちない関係を、私もどうにかしなければとは思っていた。

出産から一カ月後。

今日はアメリカの大使の奥さまが御子柴屋を訪れる予定で、私は大翔を江古田夫妻に任せて店舗に来ていた。

外国人がお相手ということで、おばあさまから接客を頼まれたのだ。もちろん絢斗さんもいるからと。

薄柿《うすがき》色の色留袖に着替える。お腹が大きくなってから今まで洋服だったので、久しぶりに着物を着ると身が引きしまる思いだ。

正午、シンプルなグレーのコートを着た六十代の大使の奥さまがボディガードと共に来店した。

ミセスは、和を基調とした店内を興味深く見ていく。そして着物についていくつか質問をされる。私は難なく質問に答え、和菓子とお抹茶でもてなした。

御子柴屋の着物をたいそう気に入ってくれ、皇居へ赴く際の最高級の着物を一式選んで帰っていった。その際には絢斗さんが着付けをする約束もした。

「澪緒、君の接客は素晴らしかったよ」

「ミセスがとてもいい人だったから、緊張もしないで済んだの」

「澪緒さん、これで本当の御子柴屋の若奥さまになったわね。とても嬉しいわ。私は今年をもって隠居させてもらいますよ。お店を頼むわね」

「いんきょ……？」

意味がわからなくて首を傾げると、おばあさまはふふっと楽しそうに笑う。

「言葉はまだまだですね」

「澪緒、おばあさまは店に出るのをやめるんだ」

「えっ……おばあさま、どこか体の具合が……？」

私は驚いて目を大きく見開いた。

「まあ年ですから、色々と無理がきかないですけどね。でも、まだまだ長生きしますよ。これからは家ではるちゃんの成長を見守りたいと思っているの。今もすぐに飛んで帰りたい気持ちですよ」

病気ではなくホッと安堵したが寂しい。

「そんな顔をしないで。御子柴屋を頼むわね。翠子さんもそろそろ結婚の話が出始めたようだしね」

この場に彼女はいない。今日は日曜日で休みだ。大事な彼とデート中なのかもしれない。

「壮二先生と翠子さんに、もう結婚の話が……」

結婚式で出会ったふたりはお互いに惹かれ合い、壮二先生が七月にシカゴ研修から帰国したあと正式に付き合い始めた。

「俺たちの方が短いだろう？」

私はそうでしたと、笑みを浮かべる。

絢斗さんとは出会ってすぐに結婚の話が出たのだ。結婚はどれだけ長く付き合ったかではなく、どれだけ愛しているか、この先この人とでなくては生きていけないと思うかどうかだ。

「お似合いのふたりですね」

茶目っ気たっぷりの壮二先生と優しい翠子さんの姿を思い浮かべ、緩んだ顔が戻らない。

「では、私は一足先に戻りますから。はるちゃんのことは任せてね」

おばあさまはニコニコとお店を出ていき、スタッフたちもその場からいなくなった。

「絢斗さん、私、早く御子柴屋を任せてもらえるように頑張る」

「もうすでになっているよ。澪緒はもう十分に御子柴屋の若奥さまだ」

絢斗さんはスタッフが見ているかもしれないのに、人目をはばからず私を抱き寄せて額に口づける。

「ありがとう。私の最愛の若旦那さま」

見惚れてしまうほどの端整な顔立ちの彼を見上げて微笑む私の唇に、温かい唇が下りてきた。

END

あとがき

このたびは『若旦那様は愛しい政略妻を逃がさない～本日、跡継ぎを宿すために嫁入りします～』をお手に取ってくださりありがとうございました。

発売は梅雨入りした頃ですね。

雨はあまり好きではないですが、皆さまはどうでしょうか？

書籍作家としてデビューし、五月で十一年目に突入しました。長く書かせていただき、これも読んでくださる皆さまのおかげだと感謝しております。

最初の頃は、恋愛ファンタジーに憧れて書き始めたのですが、今ではすっかり現代恋愛作家になりました（笑）

なかなか他のジャンルに手が回らず、恋愛ファンタジーは落ち着いたら執筆したいなと思っています。

これからも細く長く書き続けられることを目標に邁進して参ります。

皆さま、飽きらずにどうぞよろしくお願いいたします。

さて、今回のお話ですが、久しぶりに『和』をテーマに書かせていただきました。和装男子の絢斗を書くのは楽しかったです。しかし、日本だけではつまらないと(私自身が)ヒロイン澪緒をロサンゼルス育ちに。

毎回思うのですが、海外を書いていると無性に行きたくなります。コロナがインフルエンザのような感覚になったら、どこかへ行きたいです。

最後に、この作品にご尽力いただいたスターツ出版の皆様、担当の篠原様、編集をご協力いただきました妹尾様、ありがとうございました。

南国ばなな先生、素敵な和装姿のふたりを描いてくださりありがとうございました。デザインを担当してくださいました大底様、そして、この本に携わってくださいましたすべての皆様にお礼申し上げます。

これからも小説サイト『Berry's Cafe』、そしてベリーズ文庫の発展を祈りつつ、応援してくださる皆さまに感謝を込めて。

二〇二一年六月吉日

若菜《わかな》モモ

若菜モモ先生への
ファンレターのあて先

〒104-0031
東京都中央区京橋1-3-1
八重洲口大栄ビル7F
スターツ出版株式会社　書籍編集部　気付

若菜モモ先生

本書へのご意見をお聞かせください

お買い上げいただき、ありがとうございます。
今後の編集の参考にさせていただきますので、
アンケートにお答えいただければ幸いです。

下記URLまたはQRコードから
アンケートページへお入りください。
https://www.berrys-cafe.jp/static/etc/bb

若旦那様は愛しい政略妻を逃がさない
～本日、跡継ぎを宿すために嫁入りします～

2021年6月10日　初版第1刷発行

著　者　若菜モモ

発行人　菊地修一
デザイン　hive & co.,ltd.
校　正　株式会社鷗来堂
編集協力　妹尾香雪
編　集　篠原恵里奈
発行所　スターツ出版株式会社
〒104-0031
東京都中央区京橋 1-3-1　八重洲口大栄ビル7F
TEL　出版マーケティンググループ　03-6202-0386
(ご注文等に関するお問い合わせ)
URL　https://starts-pub.jp/

印刷所　大日本印刷株式会社

Printed in Japan

ISBN 978-4-8137-1104-9　C0193

ベリーズ文庫 2021年6月発売

『政略結婚の甘い条件～お見合い婚のはずが、御曹司に溺愛を注がれました～』 紅《くれない》カオル・著

祖父と弟の3人でイチゴ農園を営む菜摘は、ある日突然お見合いの席を設けられ、高級パティスリー社長の理仁から政略結婚を提案される。菜摘との結婚を条件に、経営が傾いている農園の借金を肩代わりするというのだ。理仁の真意が分からず戸惑うも、彼の強引で甘い溺愛猛攻は次第に熱を増していき…!?

ISBN 978-4-8137-1100-1／定価715円（本体650円＋税10%）

『身ごもりましたが、結婚できません～御曹司との甘すぎる懐妊事情～』 惣《そう》領《りょう》莉《り》沙《さ》・著

エリート御曹司の柊吾と半同棲し、幸せな日々を過ごしていた秘書の凛音。しかし彼は政略結婚話が進んでいると知り、自分は“セフレ”だったんだと実感、身を引こうと決意する。そんな矢先、凛音がまさかの妊娠発覚！　ひとりで産み育てる決意をしたけれど、妊娠を知った柊吾の溺愛に拍車がかかって…!?

ISBN978-4-8137-1101-8／定価737円（本体670円＋税10%）

『エリート官僚はお見合い妻と初夜に愛を契り合う』 宝月《ほうづき》なごみ・著

料理が得意な花純は、お見合い相手のエリート官僚・時成から「料理で俺を堕としてみろよ」と言われ、俄然やる気に火が付く。何かと俺様な時成に反発しつつも、花純が作る料理をいつも残さず食べ、不意に大人の色気あふれる瞳で甘いキスを仕掛けてくる時成に、いつしか花純の心は奥深く絡めとられて…!?

ISBN 978-4-8137-1102-5／定価704円（本体640円＋税10%）

『契約結婚のはずが、極上弁護士に愛妻指名されました』 皐月《さつき》なおみ・著

箱入り娘の渚は、父から強引にお見合いをセッティングされ渋々出かけると、そこには敏腕イケメン弁護士の瀬名が！　実家を出るために偽装結婚をしたいという渚に、瀬名は「いいね、結婚しよう」とあっさり同意する。形だけの結婚生活だと思っていたのに、なぜか瀬名は毎日底なしの愛情を注いできて…!?

ISBN 978-4-8137-1103-2／定価726円（本体660円＋税10%）

『若旦那様は愛しい政略妻を逃がさない～本日、跡継ぎを宿すために嫁入りします～』 若菜《わかな》モモ・著

ロサンゼルス在住の澪緒は、離れて暮らす父親から老舗呉服屋の御曹司・絢斗との政略結婚に協力してくれと依頼される。相手に気に入られるはずがないと思い軽い気持ちで引き受けたが、なぜか絢斗に見初められ…!?　甘い初夜を迎え澪緒は子どもを授かるが、絢斗が事故に遭い澪緒との記憶を失ってしまい…。

ISBN 978-4-8137-1104-9／定価726円（本体660円＋税10%）

ベリーズ文庫　2021年6月発売

『独占欲に目覚めた次期頭取は契約妻を愛し尽くす～書類上は夫婦ですが、この溺愛は想定外です～』　砂川雨路《すながわあめみち》・著

銀行員の初子は、突然異動を命じられ次期頭取候補・連の秘書になることに。異動の本当の目的は初子を連の契約妻として迎えることで…。ある事情から断ることができず結婚生活がスタート。ウブな態度で連の独占欲を駆り立ててしまった初子は、初めて味わう甘く過保護な愛で心も身体も染められていき…!?

ISBN 978-4-8137-1105-6／定価704円（本体640円＋税10%）

『崖っぷち令嬢が男装したら、騎士団長に溺愛されました』　三沢《みさわ》ケイ・著

家督を守るため、双子の弟に代わって騎士になることを決意した令嬢・アイリス。男装令嬢であることは隠し通し、このミッション絶対やりきります！…と思ったのに、堅物で有名な騎士団長・レオナルドからなぜか過保護に可愛がられて…!?　これってバレてる？　騎士団長×ワケあり男装令嬢の溺愛攻防戦！

ISBN 978-4-8137-1106-3／定価726円（本体660円＋税10%）

ベリーズ文庫 2021年7月発売予定

Now Printing

『俺の全部でキミを奪う～御曹司はママと息子を奪いたい～』 美希《みき》みなみ・著

カタブツ秘書の紗耶香は3才の息子を育てるシングルマザー。ある日、息子の父親である若き社長、祥吾と再会する。自らの想いは伏せ、体だけの関係を続けていた彼に捨てられた事実から戸惑う紗耶香。一目見て自分の息子と悟った祥吾に結婚を迫られ、空白の期間を埋めるような激愛に溺れていき…⁉

ISBN 978-4-8137-1114-8／予価660円（本体600円＋税10%）

Now Printing

『天敵御曹司と溺愛ニンカツ婚⁉』 佐倉伊織《さくらいおり》・著

OLの真優は、恋人との修羅場を会社の御曹司・理人に助けられる。その後、元彼の豹変がトラウマで恋愛に踏み込めず、自分には幸せな結婚・妊娠は難しいのかと悩む真優。せめて出産だけでも…と密かに考えていると理人から「俺ではお前の子の父親にはなれないか？」といきなり子作り相手に志願され…⁉

ISBN 978-4-8137-1115-5／予価660円（本体600円＋税10%）

Now Printing

『タイトル未定』 pinori《ぴのり》・著

御曹司・国峰の秘書に抜擢されたウブ女子・千紗。ひょんなことから付き合うことに。甘く愛され幸せな日々を送っていたが、ある日妊娠発覚！　彼に報告しようとするも、彼に許婚がいて海外赴任が決まっていると知り、身を引こうと決心。一人で産み育てるけれど、すべてを知った国峰に子供ごと愛されて…。

ISBN 978-4-8137-1116-2／予価660円（本体600円＋税10%）

Now Printing

『身代わりの私がエリート御曹司から政略結婚を迫られている件について。』 宇佐木《うさぎ》・著

箱入り娘の梓は、従姉妹の身代わりで無理やりお見合いをさせられる。相手は大手金融会社の御曹司で次期頭取の成。さっさと破談にしてその場を切り抜けようとするが、成は「俺はお前と結婚する」と宣言し強引に縁談を進める。いざ結婚生活が始まると成はこれでもかというほど溺愛猛攻を仕掛けてきて…⁉

ISBN 978-4-8137-1117-9／予価660円（本体600円＋税10%）

Now Printing

『今夜、君は僕の腕の中』 砂原雑音《すなはらのいず》・著

仕事も恋もうまくいかず落ち込んでいたOLの雅は、ひょんなことからエリート医師の大哉と一夜を共にしてしまう。たった一度の過ちだとなかったことにしようとする雅だが、大哉は多忙な中、なぜか頻繁に連絡をくれ雅の気持ちに寄り添ってくれようとする。そんなある日、雅に妊娠の兆候が表れ…⁉

ISBN 978-4-8137-1118-6／予価660円（本体600円＋税10%）

タイトル、価格等は変更になることがございますのでご了承ください。